Narrativa inclusa
47

Emiliano Baroni

Racconti randagi

M ᴇ ᴅɪᴛᴏʀᴇ
ᴇʟɪɢʀᴀɴᴀ

Emiliano Baroni
Racconti randagi
Narrativa inclusa. 47

Copyright © Meligrana Editore, 2015
Copyright © Emiliano Baroni
Tutti i diritti riservati

Illustrazioni di Alessandro Caligaris © Copyright
Tutti i diritti riservati

Meligrana Editore
Via della Vittoria, 14 - 89861, Tropea (VV)
Tel. (+ 39) 0963 600007 - (+ 39) 338 6157041
www.meligranaeditore.com
info@meligranaeditore.com

I edizione: marzo 2015
I edizione (Amzon): luglio 2015
II edizione (Amzon): ottobre 2015

ISBN: 9788868151294

Immagine di copertina: Emiliano Baroni

Una parte dei ricavati proveniente dalle vendite di
quest'opera sarà devoluta a favore di:

Antea
ANTEA ASSOCIAZIONE ONLUS
Piazza Santa Maria della Pietà
5 Padiglione XXII - 00135 Roma
Tel. +39 06 303321 - www.antea.net

A mio padre

Scarpe da lavoro.
E io dentro di loro con tutte le luci spente.
Charles Bukowski

Racconti randagi

La fidanzata di papà

Andavano avanti così da settimane, ormai, ogni sera si chiudevano nella loro stanza da letto e iniziavano a urlarsi contro. Papà bestemmiava, poi si sentivano i colpi sordi delle sue nocche contro il muro e i singhiozzi di mia madre.

"È tutta colpa tua", le gridava, mentendo a se stesso.

"Non urlare, i bambini sentono tutto", gli diceva la mamma quasi implorandolo.

"È colpa tua, t'ho detto, non ti curi più, non sei più la donna che ho sposato, non sei più neanche una moglie, ormai, sei solo la madre dei tuoi figli."

"Vergognati! Sei un disgraziato."

Claretta piangeva, non riuscivo a calmarla; solo la mamma ci riusciva, ma io la stringevo lo stesso tra le mie braccia e le baciavo la fronte sussurrandole che non era niente. Non poteva capirmi, aveva pochi mesi e non capiva neanche ciò che stava accadendo, ma l'aria in casa era pesante e lei la respirava come tutti noi.

Cercavo di non pensare a quello che sentivo, la mia camera affacciava sul cortile interno e dalla finestra riuscivo a vedere la motocicletta del figlio dell'avvocato Menichelli, legata al lampione accanto al cancello d'ingresso. Era una MV Augusta, rossa come il sangue, lo stesso modello che sei anni prima, nel 1952, aveva permesso all'inglese Cecil Sandford di vincere il primo storico mondiale per la scuderia di cascina Costa. Ricordo che più litigavano, più desideravo non essere lì; mi immaginavo in sella a quel tuono rosso mentre schizzavo via fra gli alberi del mio "lotto", sotto lo sguardo invidioso degli altri ragazzini intenti a giocare a "nizza".

Sbam! Urlò la porta di casa, inghiottendo mio padre e le sue imprecazioni, mentre il rumore dei suoi passi, sempre più lontani, lo accompagnava giù per le scale. Finiva sempre così, lui usciva a bere mentre la mamma, dopo qualche minuto di silenzio, sarebbe entrata in camera mia, avrebbe preso Claretta dalle mie braccia e con un sorriso stretto e amaro mi avrebbe detto:

"È tutto a posto, non preoccuparti, la mamma e il papà si vogliono bene; cerca di dormire adesso, che domani hai la scuola."

Se solo avessimo avuto la televisione, sarebbe stato più facile. Un mio compagno di classe, che ce l'aveva perché il papà era dottore, mi raccontava sempre che la sera, dopo cena, sedevano tutti insieme: lui, la madre e il padre a guardare il "Carosello", ed erano felici.

Noi, invece, avevamo solo quella vecchia radio a valvole marrone, una Philips Italiana del 1934, con su la scritta Radiorurale e le inserzioni in metallo che raffiguravano due fasci littori e una spiga di grano. Papà l'aveva comprata da un robivecchi, diceva che gli ricordava gli anni del regime e le serate nei circoli ricreativi. Mamma, invece, la odiava, forse per gli stessi motivi, ma non faceva altro che girare la manopola delle stazioni alla ricerca del successo dell'anno, "Quel blu dipinto di blu", che a casa nostra faceva sentire più la voce di Modugno che quella di mio padre, anche perché lui non c'era quasi mai.

Col passare del tempo, avevo capito che si era fidanzato, ma quello che proprio non riuscivo a capire era come avesse fatto un'altra donna a sconfiggere mia madre, che per me era la più bella donna del mondo.

Era il ventuno settembre quando accadde. Non pioveva da tutta l'estate e quel giorno, il primo dell'autunno, ricordo che cominciò a venire giù così forte che la terra non poteva tenerla. Dalla strada saliva un "puzzo" di caldo e sudore che non mi faceva respirare, mi sembrava di avere un cane bagnato accucciato sotto le narici. Correvo verso casa, con i piedi completamente zuppi a causa dei fori sulle mie scarpe correttive, e la cartella sulla testa nel tentativo di ripararmi; fu allora che li vidi.

Mio padre le teneva un braccio intorno alla vita, stretta come quella di una vespa. Aveva i fianchi larghi e un seno così grande che ancora oggi non capisco come potesse camminare senza cadere in avanti. Sembrava una clessidra e poi era altissima, tanto che lui riusciva a stento a tenerle un giornale sulla testa, nel vano tentativo di ripararla dalla pioggia.

Non mi videro mentre ero lì, immobile, come paralizzato sul marciapiede, con l'acqua che mi scendeva lungo la schiena. Dopo qualche istante di smarrimento, decisi di seguirli nel bar dove erano entrati e, senza farmi vedere, riuscii a nascondermi dietro uno dei frigoriferi. Lui sedette a un tavolo vicino al bancone, lei chiese di poter usare il bagno.

Era bellissima, indossava un cappellino di quelli con la retina che copre gli occhi, i suoi capelli raffiguravano la ricchezza nel loro vaporoso biondo oro e le ciocche che le si erano piegate sotto il peso dell'acqua non toglievano nulla al suo fascino. Era diversa dalle altre donne che conoscevo, aveva dei lineamenti spigolosi, credo fosse straniera, probabilmente nordica. Indossava un abito molto elegante e delle scarpe con dei tacchi così alti, che mi sembrava impossibile che riuscisse a muoversi con quegli arnesi ai piedi.

Non so perché lo feci, ma decisi di spiarla. Appena entrò nel bagno, chiudendosi la porta alle spalle, sgattaiolai sotto la maniglia e mi incollai al buco della serratura.

Era lì, che armeggiava con la cintura della gonna a meno di mezzo metro dalla mia faccia schiacciata contro il freddo legno della porta; potevo quasi sentire il suo profumo, francese presumo, come le finissime calze a rete nere, con una cucitura che le correva su per le gambe, dalle caviglie fino a scomparire sotto le vesti.

Non ricordo di averlo fatto, ma mi ritrovai con una mano in tasca e con un forte senso di agitazione in corpo. Stavo commettendo un peccato mortale e per di più con la fidanzata di mio padre. Mi sarei preso a schiaffi ma era più forte di me. All'improvviso... tin ti ti tititi. Trattenni il respiro, impietrito, mentre il delfino delle cinque lire saltava felice su quella monetina impazzita, che era schizzata fuori dalla mia tasca. Gli occhi mi si spalancarono per il terrore d'esser scoperto, mentre lo spasmo dei muscoli facciali mi spinse le orecchie quasi dietro la nuca. Fu questione di un attimo, lei si voltò di scatto e io mi sentii come se la mia testa fosse tutta lì, dentro il bagno, insieme a lei, con il buco della chiave stretto intorno al collo come una gogna. Ero pronto a essere schiaffeggiato, ma abbassai lo sguardo e potei vedere.

Grazie Signore! Ti ringrazio davvero!

Fu il momento più felice di tutta la mia vita, vidi quella donna nella sua più intima natura e capii che mia madre non era stata battuta, era ancora lei la più bella donna del mondo; quella donna non le avrebbe mai potuto portare via mio padre, quella donna, poverina, aveva il pisello!

La Stanza

La lunga chiave a martello penetrò profondamente nella fessura della porta blindata, una rapida serie di mandate, ben cinque, rimbombò nel silenzio del lungo corridoio, verde come la bile di chi vi era passato nel corso degli anni per riuscirne privato di tutto, a volte della vita stessa.

La guardia carceraria si chinò in avanti, spostando tutto il peso del corpo sulla gamba d'appoggio e, con il braccio sinistro proteso, mi spalancò la porta della cella. Aveva un ghigno sinistro stampato sul volto e con quell'espressione da carnefice mi disse:

"Prego, si accomodi pure, spero che la stanza sia di suo gradimento", e aggiunse, "Ah! Dimenticavo! La porta si richiuderà automaticamente alle sue spalle, ma non si preoccupi, per qualsiasi cosa, non deve far altro che chiamarmi e sarò subito da lei."

Poi si allontanò, ridendo sguaiatamente.

"Che stronzo!", pensai schifato dal suo pietoso sarcasmo.

Mossi lentamente il primo passo, staccando a fatica la suola della mia scarpa dal linoleum appiccicoso del corridoio, per posarla sul pavimento imbottito di quella cella d'isolamento. Era di un colore grigio scuro, freddo e umido come un vecchio tubo di ghisa; aveva pianta rettangolare e l'imbottitura, che dal pavimento si arrampicava come edera sui quattro muri perimetrali fino al soffitto, alto non più di tre metri. Era composta da grossi quadrati di trenta centimetri per lato, disposti regolarmente senza soluzione di continuità. Solo il soffitto non era imbottito, ma avevano scelto accuratamente la tinta, affinché, non si notasse alcuna differenza con il resto di quella scatola.

Mi sentivo come una pralina di cioccolato, immersa nella sua confezione dai sei lati tutti ugualmente dorati; come un morto apparente che si risveglia troppo tardi, scoprendosi saldato nella sua comoda bara foderata in alcantara. Mi sembrava di essere stato inghiottito da un divano in ecopelle.

In alto, posizionata in un angolo, c'era una piccola telecamera di controllo, dotata di sensori a infrarossi e fissata su di un braccio rotante così da permetterle di violare ogni singolo attimo di intimità, annientando con alienante costanza, la dignità umana del detenuto.

Mi guardai intorno e notai un foro su uno dei pannelli imbottiti, mi diressi verso quella piacevole variante, che stonava con tutta la maniacale regolarità circostante. Qualche matto, ospitato di recente, doveva aver preso a morsi il muro con tanta rabbia da lasciarci i denti. Come i cuccioli di cane si affilano le giovani zanne sulle zampe dei tavoli di casa, così lui doveva aver provato più e più volte, spingendo il viso nell'imbottitura, con la faccia deformata e livida per lo sforzo; sbavando e azzannando nervosamente la liscia superficie di pelle, finché un piccolo lembo non gli era finalmente rimasto tra i denti, e lì, con lo sguardo sgranato per l'agognato successo, come posseduto, doveva aver tirato con tutta la forza che aveva nel collo, aiutandosi, spingendo con le braccia per allontanarsi dalla parete, per allontanarsi virtualmente, da quella inumana prigionia.

Dallo squarcio fuoriusciva della fibra sintetica, una specie di poltiglia lanuginosa simile a gommapiuma frullata. Ispezionai il buco con le dita e vi avvicinai il capo come se dovessi auscultarne il respiro sofferente per la ferita.

"Ma che sta facendo?", disse una voce alle mie spalle.

Mi voltai di scatto e, come era ovvio che fosse, non c'era nessuno, oltre a me, in quella cella.

"Come che sta facendo? È un proctologo per divani, non lo vedi? Si sa che la vita sedentaria può creare disturbi."

"Chi è?", gridai spaventato.

"Sono Napoleone, il più grande condottiero della storia!", rispose una delle due voci che avevo sentito poco prima.

"Sì! Il più grande...", ribatté un'altra voce con tono beffardo. "E Waterloo dove la mettiamo?", aggiunse.

Continuavo a girarmi e rigirarmi senza capire da dove provenissero quelle parole. Pensai perfino che qualcuno si stesse prendendo gioco di me, attraverso un qualche microfono nascosto chissà dove, ma... erano troppo vicine, quasi potevo toccare chi le pronunciava, ma chi per l'appunto, se c'ero solo io?

Allora capii, dovevano essere le voci delle decine di matti che, con le loro identità immaginarie, erano stati rinchiusi in quella stanza d'isolamento, voci che erano rimaste intrappolate tra quelle sei mura calmieranti, senza più trovare la via d'uscita.

"Sto diventando pazzo", pensai a voce alta, battendomi il palmo della mano su di una tempia.

"Ah finalmente! Era ora che qualche matto vero venisse chiuso qua dentro; sono anni che ci schiaffano persone rispettabili."

"Chi ha parlato?", chiesi sconsolato.

"Come chi? Non mi riconosci? Ma allora sei pazzo davvero? Io sono il grande Luigi XVI, una delle massime espressioni della nobiltà europea."

"Peccato sor Maé, che parla' co' la testa sotto ar braccio n'sia poi così elegante! Nun trova?"

"Insolente! Se solo fossimo in Francia ti farei rinchiudere nelle segrete del mio castello e farei gettare le chiavi della tua cella, sudicio plebeo!"

"Non si arrabbi, Maestà, con la violenza non si è mai risolto nulla e poi questo giovane romano non è abbastanza colto per capire con chi ha l'onore di interloquire. Dia retta a me che, professando la non violenza, ho sconfitto il suo storico nemico, l'Impero Britannico."

"A Coso, come te chiami?"

"Gandhi. Mi chiamo Gandhi, mio caro Libanese, sarà la centesima volta che te lo ripeto. Per fortuna, la pazienza è la virtù dei forti."

"A Gandhi, ma vaffanculo te e la virtù di forti, si c'ero io co' l'amici mia invece de l'inglesi, t'avevo sparato n'par de schioppettate mentre stavi seduto a fatte tutte ste pippe mentali su la pace, così anziché India, mo se chiamava Magliana 2."

"Ach bla macallah, mac banta scem chllà actmansà cullà", tuonò una voce profonda e spaventosa.

"A Solimà! Sarai pure detto er Magnifico, ma ancora nun te sei imparato a di du' cose in Itajiano", ribatté scocciato il Libanese.

"Senti chi parla!", ribadì Napoleone. "Quando fui Re d'Italia, se c'era un popolo che più d'ogni altro disprezzavo era proprio quello romano, per il volgare eloquio del quale tu sei un ottimo esempio."

"Io 'nvece, quanno so stato Re de Roma e uno de li mejo capoccia de la mala, si c'era 'na banda che proprio nun potevo soffrì erano li marsijesi, co qull'ere moscia che me parevano 'na manica de froci."

"Basta! Basta! Basta!", urlai mentre riprendevo ad armeggiare con il foro sul muro.

Per qualche minuto, li sentii ancora discutere animatamente alle mie spalle, poi, come quando si legge in riva a un torrente, il rumore divenne sempre più soffuso, fino a scomparire del tutto.

"Guardia!", gridai con forza, "Voglio uscire da qui."

Dopo pochi istanti, sentii i suoi passi cigolare in corridoio e la porta si aprì, emettendo un rumore secco, come uno schiocco di dita nel cupo silenzio di una chiesa. Uscii in fretta e appena fui sulla porta, mi voltai, come in attesa, ma non sentii nulla e pensai che fosse stato tutto frutto della mia suggestione. Alzai le spalle e sorrisi tirando su il lato destro della bocca serrata in una smorfia.

"Fatto tutto? Beh! Se ha finito, troverà il suo assegno in amministrazione; è al piano superiore, accanto all'ufficio del direttore."

Decisi di non rispondere a quell'uomo ripugnante e mi incamminai verso le scale in fondo al corridoio.

"Arrivederci tappezziere!", gridò la guardia, sogghignando.

"Speriamo di no", risposi, e sparii su per le scale.

Ero scosso per quanto accadutomi in quella stanza e continuavo a ripetermi che non sarei mai più tornato in quel posto infernale; camminavo scuotendo il capo e pensavo tra me e me: "Roba da matti!"

Il ferro da stiro

"Cazzo!"

Un autobus non è un marciapiede o che so io, un cane che ti taglia la strada correndo o un piccione che ti si posa davanti al muso della macchina improvvisamente. Un autobus è grande, davvero grande, eppure quella vecchia è riuscita ad entrarci dentro con tutta la sua stramaledetta Smart.

Chissà, forse avrà creduto che quei simpatici triangolini di vernice bianca, regolarmente disposti sull'asfalto, fossero i segni del passaggio di un gruppo di boy-scout; fatto sta che ora l'incrocio era più intasato di un cesso allo stadio e io dovevo trovare il modo di divincolarmi e raggiungere l'ufficio. Grazie alla cortese collaborazione delle due auto tra le quali ero incastonato, riuscii a fare inversione con sole quattro manovre e girai per Via Ettore Rolli.

Accompagnai la leva del cambio nella corsa tra la seconda e la terza con un movimento in avanti del busto, quasi volessi spingerla più avanti ancora e nel farlo chinai leggermente il capo come per sentire il rumore dei giri placarsi e vidi lo *sfascio* riempire lo spazio fuori dal finestrino lato guida. Non che non l'avessi mai notato prima, ma un conto è sapere che un posto esiste, altro è notarlo come fosse la prima volta e decidere senza alcun motivo plausibile di fermarsi a visitarlo. Accostai e scesi dall'auto, ero in ritardo per il lavoro, ma sentivo di dovermi fare un giro.

Non so cosa fosse di preciso, ma era come se qualcuno o qualcosa mi attirasse fra tutte quelle carcasse d'automobili. C'erano strati e strati d'esempi, di come la caducità del tempo non risparmi nessuno, neanche le fuori serie. Qualche anno prima, sei sulla cresta dell'onda, tutti t'invidiano e poi, qualche anno dopo, sei coperta da erbacce e rottami. Scheletri di A112 erano ammassati insieme a resti di Alfette spider; Cinquecento e Renault 4 buttate sopra a Mini-minor e Giuliette; Maggioloni cabriolet e Innocenti scassate si accalcavano fianco a fianco senza soluzione di continuità. Da morte erano tutte uguali, tutte semplici macchine da distruggere; sembrava il videoclip della Livella di Totò. Ad alcune mancavano gli sportelli, ad altre il motore, quasi tutte erano senza ruote; la maggior parte dei vetri era rotta, nemmeno uno specchietto sano, pezzi sparsi ovunque. Davanti a questo grattacielo di sogni consumati fino a diventare ricordi, si elevava un vero e proprio muro, solo che al posto dei forati c'erano scatole di lamiera compressa con dentro sedili, tappetini, Arbre Magique scoloriti dal sole e tante storie di vita.

Chissà quanti sacrifici per acquistare quelle auto, quanti viaggi o quante vacanze in famiglia e chissà quante verginità perse su quei vecchi sedili dalle molle ormai sfondate. Su quel muro di ferraglia erano dipinte, come graffiti, un'infinità di storie. Centinaia gli incidenti, alcuni sicuramente mortali.

Molte di quelle macchine avevano ascoltato le ultime preghiere di chi vi era rimasto tragicamente intrappolato. Altre avrebbero portato con sé, nella pressa, i testamenti biascicati in preda al dolore e le ultime, tenere, inevitabili richieste d'aiuto, quasi sempre rivolte alla mamma.

In mezzo a quella foresta di alberi di latta, tra i frutti in decomposizione dell'era industriale e i gatti randagi intenti a leccarsi le palle, mi voltai come se qualcuno mi avesse preso per un braccio, e là, tra decine di altri ruderi, la vidi. Era ammaccata certo, cieca da un occhio e divorata dalla ruggine, ma era bellissima. Una Citroen DS, nera con finiture cromate. Era piena di quel fascino che le anziane signore eleganti sanno indossare sopra le rughe. La fissai per qualche istante, poi, presi a scrutarla attentamente. Era come se la stessi corteggiando; le giravo intorno come un pescecane fa con la sua preda, ad ogni giro le ero sempre più vicino, quasi potevo sentirne l'odore. Allungai la mano e le accarezzai i fianchi, erano tesi come le cosce di una puledra; aveva quella sua linea unica, inconfondibile; sembrava un enorme e affascinante ferro da stiro. Aveva il culo basso, quasi a terra, le ruote posteriori nascoste dalla scocca e un profilo possente e massiccio. Seguendo la linea del telaio che s'innalzava inesorabilmente, per tutti i suoi quasi cinque metri di lunghezza, si finiva per ridiscendere bruscamente sul muso da squalo e, solo allora, la si poteva ammirare in tutta la sua straordinaria fierezza. Ero lì, intento ad amarla quando...

"Che vai cercanno?", qualcuno disse alle mie

spalle.

Era il guardiano dello sfascio. Mi si parò davanti con tutta la sua sudicia corpulenza. Pancia, peli e puzzo, miracolosamente miscelati a sudore, grasso e olio, erano infilati in una canottiera così lurida che il colore originario era ormai indefinibile. Faceva davvero schifo; non sembrava nemmeno un essere umano, ma era perfetto per quel posto. Direi che non avrebbe potuto fare altro nella vita, era nato per custodire rottami.

"Buongiorno!", gli risposi, "Stavo solo guardando".

"Ah sì? Beh! Questo è no sfascio mica er cinema atografo."

"Sì lo so, ma questa macchina è meglio di un'opera d'arte e mi domandavo se per caso fosse in vendita."

"A more'! Na vita tutto è n'vendita, basta caccià li sordi."

"Ha ragione, ma vede io non ho idea di quanto possa costarmi, e poi chissà quanto ci vorrà per farla camminare di nuovo?"

"Stamme a sentì, me dai mille euro e t'a porti via, e poi quello che ce fai, so cazzi tua."

"Facciamo cinquecento e mi arrangio io per trovare i pezzi mancanti, va bene? Dovrò anche metterla a GPL."

"A coso! Ma che te credevi? Che te l'agghindavo a festa e te ce davo pure n'anno de garanzia? Famo ottocento e n'sene parla più."

"Ce l'hai un mazzo di piacentine?", gli chiesi dopo una breve pausa.

"Ma guarda sto scemo, ma che m'hai preso pe

n'assistente sociale? Si c'hai tempo da perde, cerca armeno de nu rompe li cojioni a chi deve da lavorà. Senti 'npo', ma gnente gnente n'sarai mica frocio?"

"No, no, la carne di porco non mi piace, ma pensavo che potevamo giocarci la differenza a briscola? Sì, insomma, se vinco, ti do cinquecento;

se perdo, te ne do mille. Che ne dici?"

"Vabbè ce sto, ma s'a giocamo a scopa."

Mezz'ora dopo, ero nel piazzale con una mano su un fianco e l'altra impegnata a grattarmi la nuca e stavo cercando di capire cosa m'avesse detto il cervello. Avevo appena staccato un assegno da mille euro per quel grassone e sul conto ne avevo poco più della metà. Quel figlio di puttana, aveva talmente tanta fortuna a carte che, se gli avessero fatto un'ortopanoramica al culo, ci avrebbero trovato le carie!

Sul cellulare c'erano quattro chiamate perse, tutte dall'ufficio. La mattinata era andata, e mi aveva lasciato un altro debito sulle spalle e la macchina più bella del secolo; quello passato. Decisi di cercare un bar e una birra ghiacciata, dovevo assolutamente berci sopra.

Il cane e la cassetta degli attrezzi

L'appuntamento era alle 09:30 all'ingresso principale del Palazzo dei Congressi. Alle dieci meno venti ero ancora impalato sul marciapiede fuori dal portone di casa e, come ogni mattina, osservavo il quartiere srotolarsi davanti ai miei occhi, mentre cercavo disperatamente di ricordare dove cazzo avessi parcheggiato la sera prima. Una volta nello spogliatoio della piscina comunale dove mi allenavo, mi ero ritrovato a condividere questo problema di memoria con un architetto che nuotava insieme a me e ricordo di aver apprezzato moltissimo l'idea con la quale mi raccontava di averlo risolto; peccato che l'avessi completamente rimossa.

Dieci minuti più tardi stavo imboccando la Cristoforo Colombo dall'incrocio dietro casa quando squillò il cellulare, era Giulio:

"Ma 'ndo cazzo stai? È mezz'ora che t'aspetto e gli altri colleghi m'hanno già bell'e rotto i coglioni!"

"Buongiorno anche a te giovane, due minuti e sono lì; sto cercando posto."

"Sbrigate sennò me ne vado, che già nun m'annava de venì, o sai."

"Tranquillo, non fare la checca isterica, t'ho detto che sto cercando posto."

Alle 10.00 ero lì. Sulla scalinata d'ingresso c'erano una cinquantina di giovani menti riverse a capo chino su dei test valutativi. Mi feci largo tra quei ragazzi e nessuno di loro alzò la testa dalle ginocchia dove tenevano i fogli, erano talmente concentrati a dare risposte, da non rendersi conto che i test servivano solo a tenerli occupati per non farli accalcare all'interno. Mi ricordai di quando alla loro età, ero convinto di poter inculare perfino una mosca in volo e non capivo perché nonostante avessi inviato curricula a mezzo mondo, nessuno si era accapigliato per spalancarmi le porte del futuro; oggi conosco la risposta a quella domanda; vivo nella metà del globo sbagliata; sono nato per coltivare patate sulle Ande, non per vendere polizze vita in Italia, ma ormai è tardi e poi, come dicono i contadini, la terra ha un difetto, è troppo bassa.

Mi avvicinai al banco dell'accoglienza e chiesi ad una hostess tutta incisivi, tette e sbatter di ciglia se poteva accreditarmi per l'ingresso e quella, scuotendo leggermente il capo come un cucciolo di cane dopo una marachella, fece urtare i due neuroni che le abitavano il cranio e mi rispose col suo sorriso inflazionato:

"Se lei lavora qui non serve accredito, può semplicemente entrare e raggiungere i suoi colleghi."

Non le risposi e feci quanto mi aveva detto. All'interno una lunga serie di stands si inseguivano formando un cerchio intorno ad un gruppo di postazioni agglomerate nel centro della sala. Iniziai a girare con le mani in tasca alla ricerca di qualche faccia familiare; la trovai.

Tra i cinque colleghi presenti nella postazione ne conoscevo solo tre, uno era Giulio che mi venne incontro e mi salutò dicendo:

"Tacci tua quanto c'hai messo, sto qui da meno di un'ora e già li odio."

"Non preoccuparti, credo sia un sentimento reciproco", gli risposi.

Sul tavolo c'erano dei pasticcini, qualcuno me li offrì, io li evitai con un gesto della mano e mi sedetti su uno degli sgabelli. Un tizio, che avevo già visto altre volte ma del quale non ricordavo assolutamente il nome, mi porse una busta con dei tesserini con su i nomi e mi invitò a trovare il mio e ad indossarlo. La svuotai nel palmo della mano, li rigirai tutti, il mio tesserino non c'era. "Beh! Perfetto, posso anche andarmene", pensai, poi chiesi che fine avesse fatto il mio accredito quando un altro collega, che stava aggirandosi tra gli altri espositori, mi venne incontro sorridendo e, tendendomi la mano, disse:

"Piacere, sono Luca Passamonti."

"Bene Luca, se vuoi ti firmo una mia foto così potrai tenerla nel portafogli come ricordo."

"In che senso?"

"Nel senso che stai girando col mio nome attaccato sul petto e tutto sommato la cosa non sarebbe un problema dal momento che sembri un bel tipo, ma preferirei continuare a portarlo in esclusiva, sai ci sono affezionato."

Lui sorrise imbarazzato e si tolse il tesserino di dosso; ero nuovamente in possesso del mio cognome, sicuramente mio nonno avrebbe gradito.

La giornata consisteva nel ricevere orde di neo laureati alla ricerca di un impiego, farli presentare e barattare il loro curriculum vitae con una brochure che illustrava il luminoso percorso che li avrebbe attesi una volta inseriti in Azienda. Il mio di percorso carrieristico aveva subito un black out ma con una torcia manuale a dinamo made in P.R.C. ero tranquillamente in grado di ritrovare la via del successo, ciò che latitava era l'entusiasmo per farlo.

Il primo ad avvicinarsi aveva un completo dei grandi magazzini preso in prestito dal papà, impiegato postale, e la faccia completamente perlata di sudore. Si sistemò una cravatta rosso bordeaux dal nodo assolutamente ben fatto e si presentò con voce tremolante.

"Buongiorno, mi chiamo Francesco Torretta, ho 23 anni, mi sono appena laureato in Economia aziendale, laurea triennale, ma intendo proseguire con la specialistica; parlo l'inglese e il francese a livello scolastico, sono una persona... BLA BLA BLA... amo la lettura... BLA BLA BLA... e poi... BLA BLA BLA... spero di risultare idoneo."

Sorrisi a denti stretti per paura che i brandelli dei miei coglioni esplosi alla terza parola di quel ragazzino, potessero attraversare il cavo orale rendendosi visibili nella loro folle corsa verso la calotta cranica. Non volevo ferire la sua sensibilità; era ovvio che fosse emozionato ed io ero stato la sua prima candidatura spontanea. Avrei preferito essere la prima volta di qualche bella figa, ma nella vita bisogna sapersi accontentare. Lo ringraziai e ci salutammo.

Le ore iniziarono a scorrere maledettamente lente e tutte uguali, un caffè non sarebbe bastato, ma il distributore automatico non dispensava anfetamine quindi decisi di fare una puntatina al bar, almeno avrei fatto due passi.

Al rientro mi toccò una piccola stronzetta snob, vestita come una Winx, che voleva occuparsi dell'ufficio stampa aziendale dall'alto dei suoi quindici anni. Pensai che per essere laureata dovesse essere almeno maggiorenne, ma l'aspetto non sembrava confermare questa deduzione.

Mi sentivo come una vecchia sputacchiera, erano tutti in fila davanti a me e uno dopo l'altro mi vomitavano nelle orecchie la loro "presunta" esperienza di vita nel tentativo di lasciare un segno indelebile e conquistarsi una chance.

Gli avvocati o sedicenti tali andavano per la maggiore, ma questo è risaputo, ci sono più avvocati nella sola città di Roma di quanti ne conti l'intera Francia!

Ero stato mandato a cercare nuove leve nel paese tristemente noto per la fuga dei cervelli, peccato però che gli chassis fossero rimasti tutti. Scatole vuote a centinaia, ragazze infilate a stento in pochi centimetri di stoffa, pronte più per una festa al Faber Beach che per un colloquio di lavoro. Maschi discutibili, figli dei realities ed emuli di Costantino Vitaliano, mortificavano il loro testosterone in camicette di puro acrilico misto ad elastame che ne mettevano in risalto i petti depilati e lucidi. Sottili linee nere bordate di grigio ad indicare il luogo dove una volta campeggiavano le mascoline sopracciglia. Mocassini Zara's style indossati senza calzini, jeans aderenti e strettissimi con cinte quantomeno discutibili ad impedire che i genitali compressi all'inverosimile, potessero schizzar fuori insieme al culo. Non capivo come avessero fatto a sconfiggere le leggi della fisica per riuscire ad entrare in quattro taglie di meno della propria, l'unica spiegazione che riuscii a darmi e che si fossero colati a crudo negli abiti per poi ricrescerci dentro come l'impasto dei muffins.

Non dico che non ci fossero ragazzi in gamba, qualcuno né ho visto, ma sicuramente appartenevano alla minoranza; rappresentavano la specie a rischio d'estinzione. La teoria darwiniana parlava di evoluzione della specie; temo che qualcosa nell'aria avesse ingenerato una palese controtendenza.

Ero completamente perso nei miei pensieri quando sentii dire:

"Buongiorno, vorrei candidarmi per un posto nella vostra Azienda, soltanto devo dirle che ho un problema con le 'L'."

"Scusi?"

"Ho un problema con le 'L'."

La dizione mi sembrava assolutamente normale, quindi non afferravo il senso di quelle parole, poi aggiunse:

"Da qualche tempo il mio PC non digita le "L", quindi se ha una penna le inserisco quelle del nome, le altre potrà aggiungerle lei."

Giusto il tempo di abbassare lo sguardo e lo vidi prendere la mia penna dal tavolo e scarabocchiare qualcosa sulla prima pagina del curriculum, poi prima che potessi realizzare mi strinse la mano e disse:

"Spero che questo non pregiudichi la mia candidatura."

Presi quei fogli di carta con su scritto CURRICU_M VITAE di Raffae/e Pa//otta, ce_ibe, nato a Napo_i i_ 13/07/1985. Sfogliai attentamente e non c'era una sola "L" in tutte e tre le cazzo di pagine. Sembrava un tipico esercizio (fill in the gaps) di Inglese per le scuole medie. Non credevo ai miei occhi, si presentava a me e ad altri quaranta selezionatori e sperava davvero che potessimo sorvolare sulla follia di quella candidatura. Non riuscivo a pensare ad altro che ad una leva ed una botola, solo una leva ed una botola e quell'assurda testa di cazzo sarebbe scomparsa da davanti ai miei occhi per sempre. Invece alzai la testa ed era ancora lì, sorridente e tranquillo. Mi violentai per non insultarlo e salutandolo, rivolsi lo sguardo alla ragazza in fila dietro di lui.

"Salve!", esclamai.

"Buongiorno, sarei interessata ad un impiego, ma vorrei farle prima una domanda. Posso?"

Non prometteva nulla di buono, ma le risposi:

"Dica signorina? La ascolto."

"Voi prendete laureate in economia e commercio?"

Avrei voluto risponderle che in senso biblico le prendiamo tutte, anche senza laurea, ma non lo feci e le dissi:

"Certamente, è una delle lauree più richieste."

I suoi occhi si spensero e torcendosi le dita delle

mani replicò:

"Immaginavo, come tutti del resto; io purtroppo sono laureata in Lingue, la ringrazio ugualmente."

E mentre diceva queste parole si allontanò dallo stand senza nemmeno aver lasciato il suo curriculum, che almeno, ne sono certo, avrebbe avuto tutte le lettere al posto giusto. Cercai subito una telecamera perché non poteva essere vero, doveva necessariamente trattarsi di una candid camera, ma non lo era. Cercai di immaginare il padre di quella ragazza, pensai ai sacrifici che aveva fatto per permetterle di laurearsi e questo era ciò che la vita gli rendeva in cambio, che spreco!

Almeno era quasi giunta l'ora di pranzo e una pausa ci stava davvero bene. Decisi di prendere ancora un nominativo e poi avrei staccato.

Era un tipo basso e mal vestito, ma aveva due lunghi baffi neri alla Lando Buzzanca che mi ricordarono gli anni '70 e i giovani di una volta, quelli della classe operaia, quelli che si dice avessero tanto da dire e da dare. Camminava avanti e indietro a due metri dallo stand guardando alternativamente il curriculum tra le sue mani e il nostro marchio esposto sopra la mia testa.

Al quarto passaggio, mi feci coraggio e gli chiesi:
"Desidera lasciarci il suo curriculum?"

Fu questione di un attimo, un lampo attraversò quello sguardo indeciso fino a quel momento e il tizio venne verso di me dicendo:

"Vorrei farlo, ma ho già affrontato tre volte le selezioni in tre diverse Compagnie di assicurazione e..."

"E?"

"E ho sempre passato la prova scritta, ma mi hanno bocciato tutte e tre le volte ai test psicosociometrici."

Era davvero troppo, il terzo squilibrato di fila non potevo reggerlo; non in maniera passiva quantomeno, e decisi di giocare sul filo dell'ironia. Se fossi riuscito a non farmi trascinare nel baratro della follia dilagante, mi sarei almeno divertito un po'.

"Beh! Devo dire che se ha passato gli scritti tre volte su tre significa che lei è assolutamente preparato, anche se i test psicosociometrici sono importanti per ottenere l'impiego."

Non sapevo neanche di cosa stessi parlando, ma ormai ero in ballo e decisi di tirarla per le lunghe.

"Quindi anche voi fate i test psicosociometrici?"

"È ovvio, non possiamo prescindere da una valutazione del genere."

"Ma quale fate?"

"Lei quale conosce?"

"Quello del cane e della cassetta degli attrezzi."

"Certo quello, e poi? Quali altri?"

"Nessuno, mi hanno fatto sempre lo stesso in tutte e tre le Compagnie."

"Mi scusi, ma lei vuol farmi credere di aver sostenuto per tre volte con tre esaminatori diversi lo stesso test e si è fatto giudicare non idoneo tutte e tre le volte?"

"Vede, il fatto è che non posso prescindere dai miei principi, la coerenza è tutto nella vita, non trova?"

Non conoscevo il test ma avevo bisogno di

arrivare in fondo a quella storia, quindi aggiunsi:

"Facciamo così, supponiamo che lei passasse le nostre prove scritte e si trovasse per la quarta volta nella sua vita ad affrontare il test del cane e della cassetta degli attrezzi..."

"Quindi anche voi mi fareste lo stesso test?"

"Certamente! È il più importante, tutte le Compagnie lo utilizzano."

"Ma allora sono spacciato?"

"Non è detto, lei mi è simpatico e desidero aiutarla. Mi racconti in cosa consiste il test, vede io lo conosco perfettamente ma temo che il punto sia nell'interpretazione. Non vorrei che lei non avesse ben chiaro il senso della domanda."

"Davvero sarebbe disposto ad aiutarmi?"

"Farò di più; lei mi esponga sia il quesito del test sia la sua risposta e io le dirò dove sbaglia e qual è la risposta corretta."

"La ringrazio davvero."

"Proceda, allora?"

"Allora, come ben sa, la domanda è la seguente: SE SI TROVASSE SU UNA BARCA IN MEZZO AL MARE E LA BARCA STESSE PER AFFONDARE, POTENDO SCEGLIERE UNA SOLA COSA DA SALVARE, COSA PORTEREBBE CON SÉ? IL CANE alla sua destra? O LA CASSETTA DEGLI ATTREZZI alla sua sinistra?"

"Lei cosa ha risposto?"

"Io ho sempre scelto di salvare il cane perché credo che una vita sia più importante di un oggetto, ma mi hanno sempre contestato che con la cassetta degli attrezzi mi sarei potuto agevolare la sopravvivenza su di un'isola deserta, mentre il cane avrebbe rappresentato solo un'altra bocca da sfamare."

"Ahi! Ahi! Ahi!"

"Cosa c'è?"

"Purtroppo il test era proprio questo."

"Ossia?"

"Vede, lei non ha scelto la risposta sbagliata, tutt'altro."

"Ma allora? Non capisco."

"Quello che lei ha sbagliato tutte e tre le volte è la motivazione che ha dato alla sua scelta, infatti, la cassetta l'avrebbe appesantita e non le avrebbe permesso di nuotare fino a riva cosa che il cane avrebbe fatto in totale autonomia finanche aiutandola se necessario."

"Sì, ma giunti a riva? Se avessi dovuto lottare per la sopravvivenza? In che modo poteva tornarmi utile il cane?"

"Davvero non riesce ad arrivarci?"

"No."

"Avrebbe potuto mangiarlo!"

I suoi occhi schizzarono fuori dalle orbite, la bocca si spalancò e mentre si portava le mani ai lati del volto ridotto ormai a una maschera di stupore, mi disse:

"Che sciocco che sono stato a non capirlo da solo, non finirò mai di ringraziarla per questo."

Cinque minuti più tardi ero seduto nel parco alle spalle del Palazzo dei Congressi, sulla panchina accanto a me c'era un quotidiano che qualcuno aveva lasciato al prossimo o perché il vento lo sfogliasse. Il titolo in prima pagina era "Wall Street, giovane broker muore soffocato da un hot-dog!"

Sorrisi pensando: "Chissà? Forse quella del cane era davvero la risposta sbagliata".

Una manciata di cotone

L'arte, in ogni sua espressione, è la sublimazione delle pulsioni umane in una rappresentazione socialmente accettabile. È come offrire al prossimo le proprie emozioni più intime, in una forma che sia fissata nel tempo, per l'eternità. Questo trasferimento di emozioni ha bisogno di essere alimentato da sollecitazioni come la gioia o il dolore, e proprio quest'ultimo, è la musa per eccellenza degli artisti. È nel dolore come nella sofferenza che poeti, pittori, scultori, scrittori e musicisti hanno trovato lo stimolo per le loro opere e il bisogno di condividerle. Raccontare il proprio dolore è come liberarsene, come se mostrarlo al mondo aiutasse ad esorcizzarlo. Io non ho un grande dolore da sfogare, ma sono sempre stato un po' inquieto. Per molti sono stato ai limiti della normalità. Nelle diverse situazioni in cui ho avuto modo di esprimere la mia socialità, l'appellativo più frequente che mi è stato accostato è quello di matto. Quasi sempre in forma di scherzo è vero, ma stranamente, cambiava il contesto ma non la sensazione che suscitavo nelle persone.

Mio padre non beve. A dire il vero, credo di non averlo mai visto ubriaco; al massimo un po' alticcio, in qualche cena di Natale di trent'anni fa.

Nemmeno mia madre beve e, come si evince facilmente da queste prime parole, ho ancora entrambi i genitori. Mio padre non ha neanche mai picchiato mia madre, né ha molestato sessualmente me o mia sorella. La mia è stata un'infanzia normale insomma, direi addirittura fortunata; non mi è mancato nulla. I miei genitori hanno saputo darmi severità e amore nelle giuste dosi. Beh! Forse mia madre è stata un po' troppo rompipalle, ma non posso certo condannarla per essersi impegnata a tirarmi su come meglio poteva; in fin dei conti, mi ha avuto che era poco più di una ragazzina.

Anche a scuola devo dire che non mi è andata male, sempre ben integrato e con ottimi risultati pur essendo un "demonio". Ho avuto la fortuna di crearmi molte amicizie e pure in amore mi è andata di culo. Ho una moglie incredibile e fin quando durerà, sarò sempre pronto a chiedermi se me lo sono davvero meritato.

Ho una bella casa; un buon lavoro, o quantomeno guadagno bene, e un'intensa vita sociale. Insomma! Sono un fottuto italiano medio, con idee comuniste e una vita medio borghese, S.U.V. e Rolex annessi.

Ma allora cos'è?

Perché ogni fottuto giorno che inizia, mi sento come se qualcosa mi stesse stretto?

Perché avverto sempre la necessità di tirar fuori qualcosa, il bisogno di sfogare, tanto con un disegno quanto con un racconto?

In realtà è la necessità di liberarmi di qualcosa che in un angolo della mia anima si è messo di traverso, come incastrato e pronto ad ostacolare il semplice scorrimento delle cose.

Avete presente quando vi vestite a festa per qualche evento importante? Cercate di essere perfetti: completo elegante; gemelli; cravatta; pochette; scarpe lucide e poi? Poi appena state per arrivare all'appuntamento, vi accorgete di aver indossato delle mutande troppo strette, e passate il resto della giornata a cercare di tirarvele fuori dal culo, mentre tutto il mondo è pronto a guardarvi. Qualsiasi cosa facciate per cercare di non pensarci, è inutile, loro sono sempre lì, ben piazzate in mezzo alle chiappe, pronte a ricordarvi, sempre, che qualcosa non è andato come avreste voluto!

È così che mi sento.

Se mi fermo ad analizzare tutto, se lo scrivo su di un foglio, non cambierei quasi nulla. Certo il mio lavoro mi logora, sono pur sempre un umanista artistoide che si guadagna da vivere scarabocchiando assicurazioni, ma la vita non si vive su un pezzo di carta, non è un copione da recitare, dove basta cambiare una battuta che non funziona. La vita è fottutamente difficile, e nessuno ha il libretto delle istruzioni. Proprio per questo, anche se fai il possibile per renderla perfetta, stai pur certo che quando meno te l'aspetti, ti ritroverai con il busto in torsione, lo sguardo furtivo e imbarazzato, e con una manciata di cotone stretta tra le dita e il pollice della mano destra, intento a toglierti le mutande da in mezzo al culo!

Forse il problema sta nelle aspettative. Ce ne creiamo troppe o forse è il mondo intorno a noi che ci obbliga ad ambire, sempre e comunque. Vivere alla giornata sembra esser diventato il peggior reato. Se non hai progetti ambiziosi, non sei nessuno. Se non provi ad organizzare e pianificare tutto, in vista di un obiettivo futuro, sei un fallito. Se solo ti azzardi a rallentare o peggio ancora a fermarti un momento, sei un terrorista. Solo che così facendo, si pensa al passato in maniera critica, per valutare dove abbiamo sbagliato e cosa avremmo potuto fare di più; si guarda al futuro come a qualcosa che ci spetti di diritto, senza nemmeno considerare per un momento, la possibilità di crepare in una frazione di secondo e vaffanculo alle ambizioni ma, soprattutto, non ci godiamo mai il percorso. Non godiamo di tutto quello che giorno dopo giorno, ci accade e basta, senza che lo abbiamo né chiesto né cercato, e che spesso, si rivela essere la parte più interessante, molto più di ciò che avevamo programmato.

Ricordo che era di sera, l'ultima volta che mi sorpresi a pensare a tutte queste cose; quando capii che dovevo riprendermi la mia vita; scendere da quell'autobus affollato, lanciato in velocità verso una metà che non desideravo raggiungere e iniziare a camminare guardando tutto ciò che mi sarebbe venuto incontro; con il solo piacere di custodirne il ricordo, con la gioia di emozionarmi per un bel paesaggio; per il sorriso di un bambino; per l'odore della pioggia.

Faceva caldo quella sera. Il corpo era stanco, la mente offuscata, il cuore batteva, ma senza vigore. Temevo il tempo che passava, la gelida e inarrestabile costanza, con la quale, scandiva la mia vita; una vita troppo veloce per poterla condurre come avrei voluto; troppo, per poter guardare indietro, e correggerne gli errori.

La vita si allunga; corre; ti si attacca addosso e ti fa grande. È una cipolla al contrario che invece di consumarsi, strato dopo strato, copre la tua tenera anima verde, con pelli sempre più aride, segnate dal tempo, finché una buccia secca e violacea non avvolge tutto nell'ultimo triste abbraccio.

Io non volevo più crescere, non così di corsa almeno; avevo paura.

Quella notte, andai a letto con una bottiglia di vino sul comodino e bevvi a dismisura, l'indomani mattina avrei fatto a schiaffi con un alito pestilenziale e un mal di testa atroce, ma avrei comunque ridato un senso alla mia esistenza; il giorno seguente sarei diventato un uomo nuovo.

Alle otto e un quarto, ero già fuori. Sette anni a cercare il coraggio per farlo; centinaia di monologhi fantasticati; decine di volte a riscrivere la scena perfetta con me che vomito tutto il mio rancore nei confronti dell'Azienda sulla faccia del capo attonita e disperata. A volte lo pigliavo perfino a ceffoni, ma solo nei giorni in cui mi andava di strafare e sceglievo il finale alla Scarface.

Invece, nessun colpo di scena, niente livore, ero come sedato; dieci miserabili minuti di patetiche lamentele, quella faccia di gomma che rimbalzava i miei rigurgiti d'orgoglio e nessun finale brillante. Mi ero semplicemente dimesso.

Appena fuori dal pesante portone, guardai la città che mi scorreva davanti come un lungo fiume di vite che si affollavano sulla strada. Un vecchio amico mi diceva sempre: "Guarda che robba, ogni maghina na donna sola e tutte 'mbranate, ma 'ndo cazzo andranno? Ma nun se potrebbero da n'appuntamento da quarche parte e riempì n'purmino? Armeno, avremmo risorto er problema der traffico!"

Attraversai senza curarmi né del colore del semaforo né dei clacson che mi urlavano contro; giunsi dall'altra parte delle otto corsie e voltandomi, constatai che mi era oggettivamente andata di culo.

Mi sedetti su una panchina, avevo con me molti pensieri confusi e un grosso dilemma da risolvere: avrei dovuto giocarmi gli ultimi euro che avevo in tasca alla ricerca della svolta o mi sarei dovuto cercare un nuovo lavoro? Lo risolsi stendendomi con la sigaretta accesa ancora appesa ad una angolo della bocca. Avevo smesso di fumare dieci anni prima, ma quel tizio sotto l'ufficio aveva proprio la faccia soddisfatta, mentre aspirava per poi buttare fuori dal naso il fumo di quella bionda:

"Scusa me ne offriresti una?", gli avevo chiesto.

"Ti faccio anche accendere?"

"Magari."

Mi svegliai col verso di una cornacchia, era il tramonto e faceva freddo. Un brivido mi corse lungo la schiena facendomi sussultare; mi alzai con fatica e cercai di togliere le pieghe dai pantaloni del completo, poi ricordai che non mi sarebbero più serviti e sorrisi della stupidità di quel gesto.

Strizzai le scapole, gonfiando il petto in una profonda boccata d'aria tersa della sera, e tirai su i revers della giacca. Incamminandomi verso casa, misi le mani in tasca e vi trovai, in una, le chiavi della macchina, nell'altra il cellulare. Lo tirai fuori per vedere se qualcuno mi avesse cercato. Il display segnava undici chiamate perse; premetti a lungo il pollice sullo schermo, i cristalli impazziti si colorarono dei toni violacei della sera; allentai la morsa, tolsi la suoneria e lo lasciai scivolare nella fredda bocca di una pattumiera.

Pensai che avevo giusto il tempo di passare da casa per prendere alcune cose e poi sarei partito, all'alba, senza salutare nessuno, senza lasciare biglietti né d'addio né d'arrivederci, nessuna spiegazione; non ne avevo per me, figuriamoci per gli altri.

Ogni viaggio che avevo affrontato nel passato era stato motivo di lunghe riflessioni in merito agli indumenti da portare, invece, stavolta era come se avessi mandato a memoria la lista perfetta. Avevo ben chiaro tutto ciò che mi sarebbe tornato utile. Solo il necessario e non una cosa di più. Possedevo una bella macchina e avevo la possibilità di organizzarmi in maniera comoda, come per una vacanza, invece, riempii uno zaino da escursionista che avevo utilizzato qualche anno prima per una vacanza *on the road* in Messico e mi preparai per un lungo viaggio. La straordinaria sensazione di libertà che guidava le mie azioni era come una droga. Sembravo come in trance, era come se non avessi potuto oppormi al fiume in piena della mia anima che stava straripando. Non avevo esitazioni, non avevo pensieri, forse per la prima volta nella mia vita ero davvero libero.

Lasciai le chiavi dell'auto sul mobile d'ingresso. Non ne avrei avuto alcun bisogno. Mezz'ora più tardi ero alla stazione Termini. Dovevo solo decidere quale sarebbe stata la prima tappa del mio pellegrinaggio. Scelsi di passare da Milano, lì abitava l'unico dei miei amici che non avrebbe avuto abbastanza lucidità per cercare di dissuadermi dal mio progetto. Tutti gli altri mi avrebbero perfino preso a calci nel culo se necessario, lui non ce l'avrebbe fatta e poi, anche se avesse tentato di convincermi, a parole, della follia delle mie azioni, si sarebbe tradito con lo sguardo e io avrei potuto leggere nei suoi occhi l'ammirazione e l'invidia per il coraggio e l'irresponsabilità di quanto mi accingevo a fare. Non cercavo un consiglio o un parere, avevo solo bisogno di condivisione e, perché no, magari perfino di una pacca sulla spalla.

Scarpe da tennis

Esco di casa e mi chiudo la porta alle spalle per entrare nel mondo opaco delle sei del mattino. Il cielo appare malandato e le nuvole sembrano tenerne insieme i pezzi, come stucco sulle crepe di un muro. Pare debba venir giù tutto, ma non credo accadrà oggi. Mi stringo nelle spalle e affondo i pugni stretti nelle tasche vuote, nel tentativo di raccogliere le energie e resistere al freddo che morde come un somaro. La poca luce che filtra dall'alto non scalda e stancamente stende una mano di bianco spento sul fianco sinistro del mondo che mi viene incontro. Cammino lentamente col capo chino per tenere il naso dentro la sciarpa; gli occhi fissi che, da sotto le palpebre, cercano di resistere alle lacrime che per il freddo scendono inesorabili, rigandomi gli zigomi tesi come porcellana. La fermata è a un centinaio di metri e mi volto a sinistra per vedere se l'autobus è in arrivo, lo è, ma non sono in condizione di allungare il passo, le puntine non attaccano e il cervello non da input alle gambe; quindi rallento e mi predispongo ad attendere il prossimo; farò tardi, ma non importa. Entro in un bar e chiedo un caffè al tizio dietro il bancone; lo chiedo, non lo ordino, perché sembra averne più bisogno di me, ma in fin dei conti penso che siano

cazzi suoi come arrivare a fine giornata; ognuno ha
la sua personale guerra con la vita da portare
avanti e, in qualche modo, se la caverà anche lui.
Bevo, pago e torno in strada. Vorrei una sigaretta
ma fortunatamente ho smesso da anni, altrimenti
mi cagherei sicuramente addosso. Guardo
lentamente alla mia sinistra e poi a destra, come
uno che sta cercando qualcosa, ma in realtà è solo
un gesto vuoto e teatrale prima di riprendere il
tragitto. Raggiungo la strada principale e la
fermata, non ho voglia di sedermi e rimango
fermo a guardare gli altri che mi sfilano davanti
sulla Colombo; otto nastri di asfalto grigio, sul
quale migliaia di persone spendono parte della loro
vita in fila verso chissà quale impegno. Siamo una
mandria di bestie in costante movimento per la
sopravivenza. Tendenzialmente la gente mi sta sul
cazzo, da sempre, e questo è un valore per me, ma
a volte qualcuno mi stupisce positivamente e mi
fermo a riflettere. Sto fissando questo formicolio
di fari rossi e bianchi che si alternano in base al
senso di marcia e quasi riesco a non guardare i
volti, tutti spenti, di chi è seduto nelle auto. Dove
cazzo andranno? Qualcuno li starà aspettando?
Qualcuno li piangerà se dovesse accadergli
qualcosa? Hanno mai visto le Ande? Avranno
scopato stanotte? Il cervello mi frigge, come
sempre, tra pensieri sconnessi e fantasie distorte,
mi volto per seguire un Maggiolone color crema
con cerchi cromati e cappotta marrone scuro, è
bellissimo e maledettamente fuori contesto e in
quel preciso istante lo sguardo attraversa tutte le
corsie e va a inchiodarsi sulla suola consumata di

un paio di scarpe da tennis dietro le quali è attaccato un uomo. È in ginocchio sul prato dall'altra parte della Colombo ed è di spalle rispetto alla strada; nell'erba davanti a lui mi sembra di intravedere un'asta per pulire i vetri, indossa dei jeans ma non ne sono sicuro perché un grosso giaccone colorato lo copre quasi interamente. Da sotto lo zuccotto di lana blu intravedo i capelli neri e fitti. Ha le mani giunte davanti al volto e sta sicuramente pregando un qualche Dio mentre il sole, ancora basso tra le case di fronte a lui, ne fotografa la nera sagoma in un'istantanea dai contorni giallo ocra e grigi. È straordinario nel suo totale assorbimento. Alle sue spalle il mondo da sfogo alla solita frenesia umana che non ha tempo neanche per rispondere ad un saluto e lui, povero come tanti, ma forse di più, ha deciso che può concedersi una pausa per ristorare la propria anima e scrollarsi via un po' della merda del quotidiano sopravvivere. Rappresenta la pace e la speranza, la vita stessa che ritrova la sua dignità. Non so se e quanti riescono a vederlo, ma se qualcuno ha la mia stessa fortuna, dovrebbe fermarsi e godere, anche solo un momento di tale dono. Si può ancora fare allora? Si può essere liberi, anche se per poco e dedicare a se stessi il tempo di una pausa. È lì, incontaminato e sicuramente in pace con se stesso e con il mondo intero, e per questa sensazione presa in prestito, lo ringrazio. Un suono soffocato di tamburi che sfregano sui cerchi e una scatola arancione mi copre la visuale, sento lo sbuffo dei pistoni delle porte a soffietto che si aprono e la gente accalcata mi guarda male perché sto per togliergli altro spazio. Quasi quasi non salgo, ma le gambe si muovono, stacco un piede da terra e lo poggio sul primo gradino, la vecchia che mi trovo davanti mi odia come se mi conoscesse e io sento di nutrire lo stesso sentimento sia per lei che per me stesso. Giusto il tempo di tirare su il resto del corpo che le porte sbuffano ancora e si serrano due dita dietro il mio orecchio destro, per poco non me lo staccano. I miei occhi cercano di attraversare quella massa di carne per dare un ultimo sguardo al mio nuovo eroe, ma l'autobus riparte bruscamente e rischio di finire tra le braccia del tizio alla mia sinistra. Lo urto appena, mi scuso ma non mi risponde nemmeno, sono in movimento come tutti verso qualcosa o qualcuno, ma come tutti non sono affatto libero.

L'albero

Il soffice rumore dell'erba bagnata accompagnava i miei passi e ad ognuno la punta telata delle scarpe era sempre più fradicia. L'odore della pioggia saliva dal terreno, portando con sé il sapore della terra umida e un nugolo di fottutissime zanzare indemoniate; le avevo sulle caviglie e mi sembrava di sentirle mentre brindavano col mio sangue.

Camminai per qualche centinaio di metri senza guardare nulla, trasportato dai miei pensieri; poi mi fermai davanti all'incredibile bellezza di un melo. Era davvero straordinario; sembrava l'autografo di madre natura sul creato.

Il solido tronco legnoso aveva sostituito la tenera pianta che, aggrappata al suolo, si era spinta verso il sole, trasformando un piccolo seme in un albero. La corteccia grigio-violacea come la pelle di un rinoceronte africano era solcata dalle ferite che il tempo e le intemperie le avevano inflitto. I rami nodosi si allungavano verso il cielo con il loro carico di frutti. Le foglie più alte si erano arricciate sotto i colpi della calura mentre quelle più in basso si prestavano a fungere da sipario, lasciando intravedere, come nelle lampade cinesi, la sensuale danza della luce che, facendosi largo tra le fronde, animava un incredibile gioco di ombre.

Ero rapito da tanta meravigliosa poesia, un vero miracolo della vita. Mi inarcai come il tre di denari, spinsi sulla punta del mio piede sinistro mentre il destro si staccava dal suolo e, con un braccio allungato sul fianco, tesi l'altro verso l'alto. I polpastrelli riuscirono a raggiungere il fondo di una mela, rossa, gonfia e succosa come un seno materno. La tenevo a stento tra le dita; la tirai verso di me imprimendole una lieve rotazione e sentii il picciolo torcersi opponendo una lieve resistenza per poi cedere con un piccolo schiocco.

La stringevo tra il medio e il pollice e la guardavo rotolare su e giù per il mio petto mentre la strofinavo sulla camicia per lucidarne la buccia. Il primo morso è sempre il più difficile; la bocca si tende e il succo scivola giù, dal congiungersi delle labbra, verso il mento. Mi passai l'avambraccio sulla bocca stretta e masticai a lungo quel frutto dolcissimo e cristallino. Era una mattina di settembre e io ero felice d'esser vivo.

Palla italiano dai!

I sessanta watt della lampadina nell'abat-jour
accesa sul pavimento della stanza m'illuminavano
il fianco ansante e sudato, disegnando, sul muro
dall'altra parte della camera, la copia di un me nero
e gigante, intento a pompare su quella giovane
straniera semi-ubriaca.

Svenka era il suo nome, o almeno era quello che
pensavo di aver capito, qualche ora prima, mentre
ero intento a fissarle le tette, strette dentro una
canottierina lilla di cotone a coste che lasciava
intravedere il punto in cui i suoi capezzoli, fieri e
pulsanti, cercavano di affacciarsi sul mondo.

L'avevo rimorchiata in un locale a Trastevere e,
tra una birra di troppo e il mio inglese
maccheronico misto a italica strafottenza, ero
riuscito a convincerla a farsi riaccompagnare a
casa. Mi aveva parlato a lungo, durante tutto il
percorso fatto a piedi sotto la complice luna
romana ma, problemi con l'inglese a parte, pure se
avesse parlato come una testaccina D.O.C.,
probabilmente non l'avrei ascoltata comunque; ero
troppo concentrato sul suo chassis, per poter
prestare attenzione al contenuto delle sue parole.
Aveva un corpo statuario, quindici centimetri più
di me e un culo che recitava poesie in tutte le
lingue del mondo. Il mio unico obiettivo era

portarla a letto, segnare il punto, colonizzare il suo interno coscia.

Le chiesi quanto mancasse ancora, mi guardò sorridendo; inclinando leggermente il capo verso la spalla sinistra, alzò la mano davanti al suo volto e, formando una specie di "U" con il dito indice e il pollice, mi fece capire che eravamo quasi arrivati; poi, si tolse le scarpe.

Semplicemente le lasciò lì, sui sanpietrini del lungotevere, e iniziò a saltellare come una bambina alla scuola materna. "Cosa non farebbe un uomo per una scopata?", mi chinai a raccogliere le scarpe di quella povera demente alticcia e la vidi mentre continuava a volteggiare a piedi nudi tra cicche di sigaretta, vetri, stronzi di cane e foglie di platano. Provai a dirle che rischiava di farsi male, macché! Avanti così... contenta lei. Io continuavo a pensare agli ottanta centimetri tra le clavicole e le ginocchia, i piedi in fondo, avrebbe perfino potuto non averli. Mi sorpresi a ridere come uno scemo, mentre mi immaginavo alle prese con un'erezione stentata davanti al suo corpo nudo, bianco, senza testa e senza piedi; praticamente sarebbe stato come fottersi un tacchino il giorno del Ringraziamento.

Arrivammo davanti al portone di casa, mi porse le chiavi, lei non avrebbe centrato la serratura nemmeno se fosse stata larga quanto tutto il palazzo. Entrammo e credo di aver volutamente tralasciato la parte in cui ridendo sguaiatamente si sfregò brutalmente le piante dei piedi sullo zerbino dell'androne, le fece strusciare più e più volte, come fanno i cani intorno al punto in cui hanno appena seppellito il loro osso. Altro che zerbino, erano talmente sudici che le avrei dovuto raschiare via i talloni con un frullino.

Appena entrati in casa, speravo sarebbe corsa in bagno, invece, dritta in cucina, aprì il frigorifero e giù a tracannare altra birra, peraltro aperta e svanita, una specie di sciroppo di luppolo senza nemmeno la traccia di una bollicina. Le presi le braccia e la strinsi a me, rideva con gli occhi semi aperti e continuava a biascicare frasi senza né capo né coda, almeno credo.

Tra le altre mi parve di capire qualcosa tipo: "I'm not shaved." Pensai avesse a che fare con l'igiene personale poi mi venne in mente la scritta sul flacone del dopo barba e capii che parlava di depilazione. Beh! Il mento era bello liscio, le allungai una mano tra le gambe e fugai ogni dubbio sulla genuinità del prodotto, nessuna sorpresa, niente campanaccio, doveva riferirsi a un qualche fottuto vezzo estetico, ma per me andava bene anche se avesse avuto su un ettaro di peli, ero pronto a farmi largo, ero a un passo dal goal della vittoria.

La portai in camera e la spinsi sul letto, vi cadde come se un cecchino le avesse sparato in fronte; l'aiutai a spogliarsi e, quando sfilandole le mutande, arrivai alle caviglie, chiusi gli occhi perché la visione di quei piedi luridi, avrebbe potuto farmi venir voglia di gettare la spugna.

Era bellissima, inerme ma bellissima, probabilmente stava dormendo, ma era calda e almeno non avrei dovuto giustificarmi per la "prima", sì, insomma ero in trasferta e l'ansia da prestazione era una vera carogna. La prima fu per me; tanto veloce da rischiare una squalifica per doping; non avevo nemmeno sgualcito le lenzuola.

Quando ripresi ad armeggiare su quel corpo meraviglioso, Svenka riaprì gli occhi e mi chiese:

"Già finito?"

"No, no, che dici? Devo ancora cominciare."

"Che figura di merda", pensai.

Iniziai a darglielo con una certa insistenza, stavolta avrei strappato una sufficienza piena, stavolta, avrei fatto onore all'Italia.

Improvvisamente mi prese voglia di insultarla e decisi di provare sottovoce, non volevo che si offendesse, così urlai sottovoce: "Troia!", "Puttana!" "Sei una vera troia" "Siiiì! Godi, sei una povera puttanella!"

Funzionava, lei si agitava e io stavo quasi per venire quando mi sussurrò in un orecchio:

"Ancora, ancora... palla italiano dai... prego, palla italiano, palla italiano."

Non potevo continuare a prenderla a parolacce e quella sua richiesta mi fece rallentare tutto l'ambaradan, non sapevo più cosa dirle, ma peggio ancora mi aveva freddato sul più bello.

Un attimo dopo, iniziai a declamare il... Devoto-Oli:

"Casa, gatto, fiore, semaforo, lavatrice..."

"Oh sì! Palla italiano dai."

"Lucertola, friggitrice, culo, scacchi, treno, elicottero, amatriciana, gricia, maniglia, cavallo, sedia, accendino, scorreggia."

"Ancora... ancora dai, palla italiano, palla italiano... sì... palla italiano."

"Mortaccitua, lingua, naso, mani, vestito, tasse, Irpef, modello Unico, caviglia, calcetto, maglietta, scarpini, autostrada, traghetto, spiaggia, asfalto, monnezza, spaghetti, vongole, tracina, seppia, spigola, frittura, gelato, asciugacapelli, lavandino, ossimoro, divano, bancomat, scarpiera, burro, salvia, uova, latte, yogurt, godoooo!"

Mi lasciai cadere al suo fianco, il petto sembrava dovesse esplodermi da un momento all'altro, cercavo di recuperare mentre pensavo a come cazzo facessero le rockstar a cantare e saltare sul palco durante i concerti senza infartare. Con gli occhi fissavo il soffitto. Era andata, mi ero appena fatto una svedese, due volte, vabbé quasi due, ma era pur sempre un gran colpo, no? E pensare che avevo deciso di iscrivermi a un corso d'inglese per rimorchiare le straniere, nff! Che stupido, proprio io che ero il flauto magico del sesso; la mia era la vera lingua dell'amore... Palla italiano dai.

Un "vecchio"... ricordo

La neve, caduta durante tutto il giorno, rifletteva la fredda luce lunare sulla tranquilla e silenziosa campagna toscana, donandogli una velatura color carta da zucchero.

Ero solo in quel casolare acquistato con i risparmi di tutta una vita; una vita piena e spesso appagante, ma veloce, forse troppo, come appare a chi l'ha vissuta davvero; a chi ha respirato a pieni polmoni tutto ciò che gli si è fatto incontro nel corso degli anni; senza mai ritrarsi; senza mai guardare indietro per paura di doversi rimproverare un giorno di non aver tentato, di non aver vissuto davvero.

Stavo lì a contemplare il mondo che fuori pareva arrendersi all'inverno, cedendogli i propri colori e i propri odori. Tutto si addormentava docilmente, sotto l'incessante pioggia di fiocchi che instancabilmente si posava sulla vita e le sue forme, avvolgendole in un abbraccio silente e mortifero, preludio del lungo sonno invernale.

Fu allora, scrutando il buio argenteo della notte attraverso la finestra, che vidi riflesso nel vetro, un volto di anziano, segnato dal tempo e dalla vita; i capelli, quasi completamente incanutiti, facevano da cornice ad una fronte ampia, solcata da rughe profonde e ben delineate che correvano sulla pelle senza incontrare alcuna resistenza. Il naso sgraziato, rude e arrossato per il freddo, sovrastava una bocca seria ma non aspra, nella quale il sottile labbro superiore, quasi scompariva sotto quello inferiore da sempre più carnoso e prospiciente, regalo di una mascella pronunciata.

Le orecchie grandi e distaccate sembravano cedere alla caducità del tempo, così come i lobi lievemente allungati. Le rughe, addensate intorno agli occhi, sembrava quasi che dovessero stringersi da un momento all'altro serrando per sempre quello sguardo vivo, che usciva irriverente da quel volto stanco, quasi volesse rimproverare, stonando con tutto il resto, l'arrendevolezza delle membra. In quegl'occhi si poteva leggere il rifiuto di accettare il verdetto del tempo che condannava quel viso ad avvizzire, imponendogli una tenera espressione di saggezza che solo i vecchi sanno indossare.

Riconoscermi in quell'immagine mi fece commuovere. Distolsi l'attenzione da quella figura a me tanto familiare quanto sgradevole e mi diressi con fatica alla cara, fidata poltrona davanti al camino. Strinsi forte i braccioli per accompagnarmi lentamente nella seduta e mi poggiai allo schienale leggermente inclinato. Trascorsi diverso tempo a fissare il fuoco che, nella sua melliflua quanto seducente danza, consumava l'asciutto ciocco di castagno che lentamente si tramutava in brace, arrendendosi alle vivaci lingue fiammeggianti che, come dame irrequiete, adescavano i grigi cavalieri di fumo per un ultimo e sensuale tango.

Mi drizzai un poco, cercando di riavermi dallo smarrimento che l'immagine di un me vecchio, e maledettamente più vicino alla morte di quanto non lo fossi alla vita, mi aveva procurato. Aprii lo sportello del mobiletto alla mia destra e ne estrassi una coppa da vino e una bottiglia, mi versai un po' di quel buon cognac che tante e tante notti mi aveva tenuto compagnia, scivolando giù per le stanche membra del mio petto fino a scaldarmi l'anima o quantomeno lo stomaco.

Proprio mentre versavo il liquore che, scivolando sulla concava parete di vetro, turbinava verso il centro del bicchiere, rilasciando uno straordinario profumo di legno e frutta candita, mi tornò alla mente il ricordo lontano di una bella pagina della mia vita. Non credo vi fosse un motivo preciso, forse soltanto un senso di repulsione per la vecchiaia e le dolorose rinunce in essa celate. Erano parecchi anni che non tornavo indietro a quella notte; forse per il timore di rievocarne le forti emozioni o forse perché soltanto ora che non potevo più viverne di simili, ne apprezzavo davvero l'impeto vitale.

Precipitai nel passato, una caduta lunga oltre mezzo secolo. Anni di storie; d'incontri; di una vita durante la quale, niente e nessuno mi aveva segnato così profondamente da lasciare un ricordo altrettanto nitido; una vera e propria frustata sulla mia stanca anima.

Accadde in Spagna, poco distante da Siviglia, in uno dei miei primi viaggi all'estero. Avevo quasi ventiquattro anni e non avevo viaggiato molto, ma soprattutto mai così, senza organizzazione alcuna. Era un momento in cui ero in rotta con la mia vita, uno di quei periodi tipici dell'irrequietudine giovanile durante i quali si passano più notti a interrogarsi sul passato e sulle scelte fatte, di quante non se ne spendano a progettare il futuro o più semplicemente... a dormire.

Tutto m'appariva confuso all'epoca, il lavoro, le amicizie, l'amore; nella mia vita, niente funzionava come avrei voluto; non riuscivo più a trovare un motivo per alzarmi la mattina e proprio per questo, una mattina, decisi di partire.

Giravo per l'Andalusia da meno di una settimana quando un pomeriggio, entrando in una pensioncina, più simile a una locanda medioevale che a un albergo, vidi quella selvaggia bellezza matura dalla pelle color ambra. I suoi occhi mi attraversarono senza che potessi difendermi. Nonostante alloggiassi poco distante da lì e fossi entrato solo per chiedere un'informazione, mi bastò quello sguardo e... un attimo dopo, avevo preso una camera.

Trascorsero alcuni giorni, Irene, questo era il suo nome, era la moglie dell'anziano proprietario, avrà avuto circa 40 anni e la malizia tipica di chi conosce la vita perché l'ha presa a morsi per assaporarla. Intuivo di non esserle del tutto indifferente, o forse mi piaceva pensarlo. Mi sorrideva come si sorride a qualcuno che suscita tenerezza e allo stesso tempo un inspiegabile senso di curiosità. Sia a colazione sia a pranzo mi affrettavo ad occupare il tavolo davanti la porta d'ingresso; era l'unico dove, per essere serviti,

Irene avrebbe dovuto camminare per l'intera lunghezza del bancone e sempre dando le spalle alla porta; questo permetteva alla complice luce del sole andaluso di spogliarla dei leggeri abiti in lino bianco, imprimendo nei miei occhi, come fossero pellicola fotografica, indecenti istantanee in movimento delle sue forme ammaliatrici. Fianchi, cosce e natura, nere e nitide come in un disegno a china, avanzavano ad ogni passo e ad ogni passo i miei occhi rimanevano spalancati e tremanti nella speranza di lasciarsi segnare da un'impronta indelebile.

Sapeva perché sedevo sempre allo stesso tavolo e il suo modo felino e predatorio di camminare verso di me lo confermava. Aveva l'andamento sicuro di chi sa cosa vuole e quando prenderselo, e sembrava divertita e lusingata dal mio mal celato imbarazzo.

Quando si chinava per posare le pietanze sul tavolo, lo faceva tenendo lo sguardo fisso sul mio volto, come se la sua testa, per non perdersi le mie espressioni, si rifiutasse di seguire la postura del corpo che proteso in avanti, si lasciava spiare attraverso la generosa scollatura. La pelle color miele era lucida per il sudore e i seni gonfi e prosperosi, ciondolavano liberi nell'aria incandescente compresa tra il suo corpo ed il vestito. Sapevo che mi stava guardando mentre la fissavo eppure non potevo farne a meno, avvertivo i miei occhi ammirati tremare come acqua in un piatto, le mie mani stringevano l'aria per fingersi occupate, mentre ero irresistibilmente attratto da lei come un bambino lo è da ciò che gli si proibisce. Era come se lei stesse giocando con me ed io non riuscivo ad impedirglielo né a proteggermi. Temevo che suo marito potesse accorgersi di quegli sguardi ma, ancora di più, temevo che ciò che a me sembrava complicità fosse invece un semplice frutto della mia immaginazione e questo m'impediva di fare qualcosa per prendermi ciò che bramavo. Un pomeriggio come gli altri, mentre sedevo al solito posto, mi chiese se desideravo assaggiare un bicchiere di vino *tinto* della casa; quando le risposi di sì, mi disse che avrei dovuto attendere poiché aveva appena versato ad un altro cliente l'ultimo goccio. La vidi scendere in cantina a prenderne dell'altro. La salivazione mi s'interruppe e iniziarono a sudarmi le mani. Sentivo le gambe molli e la vista mi tremava, mi sentivo come se i miei più intimi pensieri fossero scritti in bella mostra sulla mia faccia, dove tutti, compreso il marito, avrebbero potuto leggerli. Era come se tutti sapessero cosa stava per accadere, ma dovevo tentare e lo feci. Mi alzai lentamente da tavola e camminai verso la porta del bagno che era proprio davanti alle scale che portavano giù in cantina. Mi accertai che nessuno stesse guardando nella mia direzione e anche se non potevo esserne certo, decisi di scendere il più velocemente possibile, tanto che Irene mi rimproverò con un secco "Ssst!", o meglio fu la sua voce a farlo poiché di lei, in quel buio umido e dolciastro, non riuscii a percepire altro. Il rumore del vino che riempiva la brocca zampillando fuori dalla botte me la fece immaginare china, con le vesti in mano, sollevate ai lati delle cosce, intenta ad urinare sul pavimento e quest'immagine mi provocò un'eccitazione piena e incontrollabile, tanto da rendermi difficile scendere gli ultimi gradini. Mi fermai un momento, anche perché i miei occhi non si erano ancora abituati a quel buio denso; fu allora che sentii il suo odore vicino e mi voltai di scatto mentre lei si accingeva a risalire la scala con la mano sinistra aperta sul muro in cerca di sostegno e la destra tesa a mezz'aria che brandiva la brocca del vino. Mentre mi passò accanto disse con tono beffardo "Ti sei perso? O stavi forse cercando qualcuno?". Mi allungai verso quel corpo nero che si allontanava nel cono di luce proveniente dal piano superiore e in uno scatto incontrollabile e bestiale le infilai la mano sotto il vestito, su, tra le cosce, e le afferrai il pube in una calda e umida manciata di carne e stoffa bagnata che mi riempì il palmo della mano. Gemette strozzando un grido in gola mentre il piede le scivolò giù dal gradino più alto quasi lasciandola cadere; il vino sciabordò fuori dalla brocca e cadde sui gradini e sul mio braccio, coperto solo per metà dalle sue vesti. Il tempo si fermò e mentre stringevo le sue carni sudate ed eccitate, come per tastarne la peccaminosa consistenza, mi disse bruscamente:

"Domani dovrai andartene!" e non aggiunse altro.

Poi con la mano sinistra mi afferrò il braccio all'altezza del polso e lo staccò da sé, si rassettò il vestito e continuò a salire. Rimasi come pietrificato e mentre faticavo anche solo a respirare, avvertii chiaramente la mia erezione perdere vigore e questo mi scosse facendomi riprendere.

Quella stessa notte non sentii alcun rumore, né la chiave nella serratura né la porta aprirsi e richiudersi, ma venni svegliato da un caldo e affannoso respiro a pochi centimetri dalla mia faccia. Non potevo vederla bene, ma sapevo che era lei. La fredda luce azzurra che dagli scuri si insinuava nella mia camera, accendendone a fasce alterne il contenuto, mi aiutò ad individuarla di fianco al mio letto. Aveva il capo chino, rivolto verso il basso e cercava di nascondermi gli occhi che tradivano tutta la sua voluttà, dipinta in un'espressione mai tanto esplicita come allora. La sfrontata sicurezza dei giorni passati aveva lasciato il posto ad un atteggiamento più mansueto, quasi insicuro.

Il gioco era chiaro, voleva sentirsi predata, voleva avermi rendendosi accessibile e indifesa, la sapiente sicurezza della femmina matura rinunciava a condurre il gioco e si rimetteva al mio orgoglio di giovane maschio predatore. Mi regalò quello che sognavo; il piacere della conquista.

Mi tirai su facendo leva sui gomiti e poggiai la schiena alla testiera; lei si sedette alla mia sinistra in senso contrario rispetto al mio, con le gambe giù dal letto, mantenendo il busto in leggera torsione per potermi guardare frontalmente, il tutto senza che nessuno dei due pronunciasse una sola parola. Le accarezzai il volto, poi con le nocche delle dita, come fa un pettine, le spinsi i lunghi capelli corvini dietro le orecchie. Le sue esili narici inspiravano avidamente l'aria che, pochi istanti dopo, veniva spinta fuori dal petto ansante attraverso quelle labbra carnose. Portai la mano sotto il suo mento e delicatamente le alzai la testa; ella mi rivolse uno sguardo fiero e al tempo stesso arrendevole, poi chiuse gli occhi e si abbandonò alle mie attenzioni. Le strinsi dolcemente il capo che quasi scompariva tra le mie mani e, mentre coi pollici premevo con cupidigia sulla bocca vivida e ardente, con le altre dita disegnavo la linea della sua nuca nascosta dai morbidi capelli.

Scesi lungo il collo fino e sinuoso come lo stelo di un fiore e, giunto che fui alle spalle, lasciai scivolare le mie mani nella scollatura della camicia da notte, allargandola fino a farla cadere giù, lungo le braccia fino ai fianchi.

Risalii lentamente, facendo camminare le dita sulle scapole, poi ruotai le mani e con il dorso di esse le sfiorai i seni maturi e lievemente arresi al tempo; ella sussultò al mio tocco e un brivido le corse in tutto il corpo sotto la pelle calda ed eccitata. Le afferrai il costato che sembrava dovesse cedere a quel respiro profondo, pieno ed affannoso; il suo cuore scalpitava nel petto in preda al desiderio. Giocai coi suoi capezzoli fieri e carnosi che si schiusero tra le mie dita; li strinsi più volte prima di lasciarli soli e protesi nel loro eccitamento. Le graffiavo delicatamente il ventre che, fluttuando in maniera spasmodica, seguiva il ritmo dei respiri, poi l'afferrai per le spalle e la tirai a me. Le baciavo avidamente i seni, mentre con le mani le tenevo i glutei che si contraevano ad ogni mia stretta.

Improvvisamente si ritrasse sottraendo alle mia

bocca il capezzolo che stava assaporando. Io ero ancora supino e lei ridiscese senza mai staccare i suoi occhi dai miei. Mi baciò dolcemente, indugiò sulle mie labbra, poi riprese a scendere, mi baciò il petto, morse i miei capezzoli prima di proseguire ancora sull'addome; prese fra i denti un lembo delle lenzuola che mi coprivano la vita e le portò con sé nel suo percorso a ritroso mentre con le mani frugava i miei fianchi in cerca degli slip che mi sfilò fino a metà coscia e lì si arrestò.

Io rimasi nudo ed immobile in attesa di un suo gesto, sfiorò i miei genitali con le unghie finemente curate e io vibrai come se fossi stato attraversato da una scossa elettrica; sorrise maliziosamente e salì ancora un poco, poi si fermò nuovamente e lanciandomi uno sguardo sordido schiuse appena la bocca e si chinò sulla mia giovinezza.

Scese lentamente per poi ritrarsi tanto piano da tramutare il piacere in tortura e ripeté il percorso più volte; ogni volta il mio piacere sembrava oltrepassare il suo culmine estremo. Mentre con maestria inenarrabile amava il mio corpo, all'improvviso, senza quasi che ne avvertissi l'imminenza, raggiunsi un orgasmo pieno ed incontrollabile. Irene non si scompose, si ritrasse lasciandomi scivolare fuori e senza fare un fiato si sdraiò accanto a me.

Trascorsero alcuni lunghi minuti senza che nessuno dei due proferisse una sola parola, la guardavo mentre con gli occhi chiusi attendeva che recuperassi le forze per fare ciò che più desiderava. Puntai le braccia sul materasso, mi sollevai e ruotando un poco il busto le fui sopra.

Iniziai a baciarla con cupidigia; scesi rapidamente su quel corpo di rara bellezza, poi giunto alle ginocchia mi fermai per guardala dal basso e cominciai la mia lenta risalita; ad ogni centimetro le cosce vibravano cedendo alla mia impertinente avanzata. Ancora un attimo e avrei posseduto quelle carni cavalcate dagli spasmi di un piacere infedele. Aveva più voglia ella in corpo di quanta io ne avessi in mente.

Giunto all'inguine vidi la morbidezza del suo pube spingere sulla stoffa delle culotte la cui seta bagnata, intrisa di passione mostrava attaccandosi alle carni inquiete il colore intenso del punto in cui si mostrano più vive. Le mie dita si fecero strada oltre quell'ultima sottile barriera di tessuto che nascondeva ai miei occhi la sua più intima natura. Sfiorai delicatamente le sue membra socchiuse come un tenero bocciolo, lei gemette stringendo ancora una volta le cosce, in uno strenuo quanto improbabile tentativo di difesa, poi si abbandonò senza più esitazioni al richiamo dei sensi. Penetrai facilmente fra le umide labbra e sentii il suo desiderio scorrermi fra le dita; emise un lamento mentre le muovevo dentro di lei come in cerca di qualcosa. Con la lingua assaporai il suo sapore nel sudore che le scendeva lungo il collo. Giunto al mento, lo sfiorai con le labbra, prima di affrontare la sua bocca aperta e tremante che aspettava solo d'esser presa.

La baciai a lungo, quasi togliendole l'aria. Sentivo i nostri respiri fondersi in un solo, caldo, alito di passione che inghiottivamo avidamente quasi ce ne nutrissimo.

Afferrò rabbiosamente le mie spalle; le strinse, torcendone le carni tanto da farmi male e poi, aggrappata ad esse, si protese verso di me e mi guardò in maniera folle, come se non mi vedesse, era completamente persa nella passione.

La lasciai cadere distesa e, scendendo verso il suo pube, potevo avvertire l'odore selvatico delle sue carni che mi spinse a fondere le mie labbra con le sue che, bagnate come vesti sotto la pioggia, grondavano piacere e voluttà. La baciai profondamente, mentre si dimenava, gemendo e soffocando in gola brevi e intense grida di piacere; l'ardore che fuoriusciva da quella femmina m'ubriacava della stessa folle bramosia che anima una bestia mentre affonda i denti nella carne della sua preda.

La sentivo sfuggirmi da sotto; quindi la cinsi e cautamente, quasi temessi di sciuparla, cercai di domarla, poi mi sdraiai sopra la sua irrequietudine e, facendo perno sulle braccia, spinsi il mio bacino contro il suo e,, aiutandomi con le anche, le divaricai le gambe. Ci fu un interminabile attimo, in cui la fissai senza che lei mi guardasse, poi, affondai dentro di lei. Ella inspirò profondamente dalla bocca e inarcò la schiena, come chi riceve da dietro un colpo mortale; si strinse nelle spalle e i suoi seni premettero violentemente contro di me quasi volessero penetrarmi a loro volta. Passava le mani fra i miei capelli, li tirava, poi prese a graffiarmi la schiena e, scendendo, mi afferrò i glutei per accompagnare l'amplesso, e più io spingevo più ella spingeva, più io godevo di quel sesso rubato all'intima proprietà di un altro uomo più lei si arrendeva al piacere senza più alcun pudore.

Solo quando stette per venire, ebbe il coraggio di aprire gli occhi per guardarmi, e mentre il suo corpo mostrava i segni del piacere, si sollevò sui gomiti e dal petto ansante che sussultava ad ogni mio movimento, esalò un ultimo intensissimo gemito e crollò esausta.

Respirava affannosamente nel tentativo di recuperare, poi, senza dire nulla, si addormentò.

Per un po', rimasi a guardarla mentre una sorta di sorriso le solcava il volto dormiente e appagato. Era bellissima, molto più di quanto avessi notato precedentemente.

Osservai il suo petto dissetarsi respiro dopo respiro, lo placai con un bacio e mentre trovava lentamente la pace dei sensi, mi stesi accanto a lei e mi lasciai cullare dal suo respiro verso l'oblio.

"Cazzo!"

Mi ero rovesciato il Cognac addosso e solo allora, passando la mano sui pantaloni bagnati, mi accorsi di ciò che era successo.

Non era fiera come quella di un ragazzo, ma era pur sempre un'erezione.

Quel ricordo aveva risvegliato nel mio corpo delle pulsioni che mancavano ormai da anni e che pensavo non avrei più vissuto. Mi aveva fatto sentire nuovamente uomo; ero ancora vivo.

Tutt'intorno la stanza iniziò a perdere definizione, gli oggetti m'apparivano fluidi e tremanti, mi stavo commuovendo di nuovo, per la seconda volta dopo tanti anni.

Sorrisi per quanto accaduto, guardai il bicchiere facendolo roteare; i tannini disegnavano delle ampie volute che lentamente si dissolvevano verso il basso. Ingollai d'un fiato ciò che rimaneva di quel nettare complice di tante emozioni e mi lasciai andare all'indietro, le scapole, spinte contro lo schienale, si adagiarono plasmandosi al legno quasi fossero d'argilla. Girai lo sguardo verso il camino, da sotto la cenere, la brace pulsante stava producendo i suoi ultimi bagliori.

Persa due volte

A quell'ora i negozi erano tutti chiusi. Le persiane ormai serrate inventavano il buio nelle case, chiudendo gli occhi di Vienna su quella notte allunata.

Giuseppe Paderas era seduto nell'unico bar aperto. La sua testa era così piena di pensieri che l'energia sprigionata da tanta attività neuronale gli stava incendiando il cervello. L'afosa temperatura di quella torrida notte d'agosto non migliorava affatto le cose e, seppur ghiacciato, il boccale di birra che stringeva tra le mani non lo confortava come avrebbe desiderato. La città era stata deturpata dai bombardamenti e i cumuli di macerie che giacevano ai lati delle strade sembravano dover campeggiare lì a futura memoria. I lavori per la ricostruzione della ruota panoramica del Prater, distrutta solo un anno prima da un incendio, erano cominciati da qualche settimana e rappresentavano il primo segnale di rinascita ma, allo stesso tempo, rimettere in funzione una giostra, seppur simbolo della città, sembrava uno schiaffo al dolore della gente; un tentativo di cancellare la realtà delle cose; era come voler nascondere lo "sporco" della guerra sotto il tappeto verde del Prater.

Giuseppe fissava la strada che costeggiava il parco e scuoteva la testa, immaginando che quegli operai, che scendevano dalle impalcature, fossero gli ultimi turisti della giornata. Fuori dalle vetrine del bar la vita scorreva lenta e silenziosa come fosse immersa in un acquario ma, improvvisamente, un urlo straziante infranse le vetrine e il bar iniziò ad imbarcare le buie acque della notte e il loro inquietante sciabordio. Giuseppe lasciò cadere il boccale e si alzò di scatto, ritraendosi come per non farsi travolgere dall'onda sonora; senza nemmeno rendersene conto, si ritrovò in strada. Dall'altra parte delle rotaie del tram, che si allungavano sul selciato, c'era una gran confusione; gli operai che uscivano dal Wurstelprater si muovevano disordinatamente, alcuni gridavano; tra questi un ragazzo, poco più che ventenne, si allontanò, correndo dal punto in cui era provenuto l'urlo e dove ora, riverso a terra, giaceva il corpo di una donna. Giuseppe cercava di capire cosa fosse successo e si ritrovò a seguire con la testa la corsa di quel giovane uomo che scappava. Lo vide gettare qualcosa in un cestino della spazzatura, giusto un attimo prima di salire sul tram che stava lasciando la fermata in fondo alla via. Qualcuno continuava a gridare in cerca d'aiuto, un uomo disse che ormai era inutile; la donna era morta. Giuseppe si diresse verso il capannello di persone che si era formato intorno alla vittima e attraverso la fitta selva di gambe, riuscì a intravedere che dalla ferita all'addome, il sangue fuoriusciva copioso, tanto che gli uomini accorsi arretravano di fronte all'avanzare di quel rivolo rosso, come se non volessero rallentarne la corsa, come se temessero che quella vita, scivolando via, potesse portarsi appresso anche le loro. Era scosso Giuseppe; in cinquant'anni aveva vissuto due guerre, ma alla morte non si era ancora abituato; alla morte non ci si abitua mai.

Intorno a lui tutti parlavano in maniera concitata:

"Era italiano!", affermava uno degli operai. "L'ho sentito mentre la insultava, sono sicuro che fosse proprio italiano", aggiunse.

"L'ha aggredita per rubarle la borsa", ipotizzava qualcun'altro.

"No! No! La borsa è qui. Le deve aver preso qualcos'altro", disse una voce nel mucchio.

"Forse era un pazzo?", aggiunse un terzo uomo.

"Secondo me, era un amante non corrisposto", sentenziò qualcun'altro ancora.

Tutti parlavano e, all'improvviso, come quando un onda si ritrae sulla battigia, si formò un varco e Giuseppe la vide in volto. Quella donna era Eva Schmidt. Quella donna, lui la conosceva bene poiché, vent'anni prima, seppur sposato con un'altra, l'aveva amata a tal punto da perdere la testa, ma un giorno lei era sparita improvvisamente, senza spiegazioni, senza nemmeno un ultimo saluto. Per anni, Giuseppe aveva continuato a cercarla, ma solo ora la ritrovava, e nel modo peggiore, grazie a qualcuno che gliel'aveva portata via di nuovo, e questa volta, per sempre.

In terra, poco distante, giaceva un album di fotografie. Sulla copertina, ricamata con del filo blu c'era la scritta "Ich werde dich immer lieben" ("Ti amerò per sempre"). Giuseppe si chinò per raccoglierlo e, quando l'ebbe aperto, si trovò a scoprire che non si trattava di semplici fotografie, bensì di immagini rubate, di frasi sconnesse, scritte sulle veline tra le pagine, di appunti sconclusionati sugli orari e le abitudini della donna, di ritratti; decine e decine di ritratti di Eva. Era l'altare portatile dell'ossessione amorosa di un pazzo. Qualcuno per il quale Eva era diventata una vera e propria malattia. Giuseppe si sentì mancare le gambe, cercò di aggrapparsi alla staccionata e, a passi lenti, si avvicinò al cestino della spazzatura in cui quel ragazzo aveva gettato qualcosa. Vi frugò senza sapere cosa cercare e pochi secondi dopo ne estrasse una busta di carta color grano, completamente appallottolata. L'aprì lentamente, all'interno c'erano una fotografia e un biglietto con su scritto: "Anch'io ti amo, ma non come vorresti. Sei mio figlio, e questa è l'unica foto che ho di tuo padre".

Estrasse lentamente la fotografia dalla busta e la guardò per alcuni, interminabili, secondi. Le mani gli tremavano; una lacrima cadde su quella vecchia immagine sgualcita, nella quale erano immortalati due giovani amanti. La donna, neanche ventenne, era Eva; lui, Giuseppe Paderas, all'epoca ne aveva già compiuti trenta.

Una mela al giorno...

Erano le 07:30 di un mattino rigido, il mondo si presentava grigio, rumoroso e nevrotico come un televisore acceso al quale hanno strappato il cavo dell'antenna. Il freddo mi entrava nelle ossa per rimanerci.

Aprii la porta dell'ambulatorio, entrai lentamente; la porta mi si richiuse alle spalle, senza che nessuno si accorgesse della mia presenza. Chiunque, in quella stanza, era arroccato in se stesso, come se prestare attenzione al prossimo potesse comprometterlo.

C'erano due segretarie dietro il desk dell'accoglienza, una era una gran figa, l'altra un vero "calcinaccio", ma non le cagai; avevo un appuntamento e non ero dell'umore adatto.

Bussai alla porta del Dottor Carli e prima che avesse il tempo di rispondere ero già nella stanza. Mi venne incontro ma, salutandomi, non sorrise. Lo faceva sempre, ma non quella volta; allora capii e mi sedetti.

"Quanto mi resta?", gli chiesi.

"Cinque, forse sei mesi, ma..."

"Ma cosa?", ribattei, interrompendolo.

"Beh, le nuove terapie stanno dando ottimi risultati, e poi..."

"No! Senta Dottore non me ne frega nulla... sì

insomma, poteva andarmi peggio."

"Peggio?", esclamò incredulo.

"Sì, Dottore, s'immagini se m'avesse detto, che mi restavano solo un paio di giorni. Insomma, giusto il tempo per salutare le persone care, abbracciare gli amici, rivedere qualche foto ripensando ai momenti migliori e poi via, presentarsi."

"Ma presentarsi dove?", mi chiese, con l'espressione tipica di chi non riesce ad afferrare il senso del non detto.

"Presentarsi alla reception dello straordinario albergo dove alloggeremo per l'eternità. Già me la vedevo la scena; io che entro dalla grande porta girevole ed esclamo: 'Salve Pietro! Dovrebbe esserci una prenotazione a mio nome'."

"Certo Signor Randalli, una singola vista Oceano. Preferisce Pacifico o Atlantico?"

"Pacifico andrà benissimo, ho sempre desiderato vedere le Hawaii."

Non so ancora quanto comprese il Dottor Carli di quella breve conversazione, ma ricordo bene la faccia che aveva quando me ne andai; era la perfetta rappresentazione dell'impotenza umana, davanti al capitolare degli eventi; aveva la faccia che ogni oncologo, prima o poi, deve imparare a vestire.

Uscii dal suo studio senza neanche salutare; buttai giusto un occhio alla scollatura della segretaria attraente, credo che la mia palpebra le stia ancora strizzando i capezzoli; un attimo dopo ero in strada.

Potevo tornare a casa e mettermi a piangere sulla

spalla della mia compagna oppure avrei potuto lasciare il lavoro per trasferirmi in campagna. Avevo sempre sostenuto,che quella sarebbe stata la mia vecchiaia: neve, caminetto, castagne e vino rosso, ma ora non avrebbe avuto alcun senso.

Non ero vecchio, e tanto meno avrei voluto passare i miei ultimi giorni inchiodato a una poltrona, aspettando l'ora della mia dipartita.

Senza neanche rendermene conto, entrai in un tabacchi. Avevo smesso di fumare dieci anni prima, quando mi lasciai convincere, che smettere mi avrebbe allungato la vita. Ironico no? Avevo rinunciato al mio unico vizio, per paura del cancro, e lui mi aveva trovato lo stesso.

Comprai un pacchetto di Marlboro light, c'è chi sostiene che facciano meno male, una busta di tabacco e una bellissima pipa in radica; non sapevo come si fumasse, ma avevo sempre voluto imparare e quella mi sembrò l'occasione giusta.

Camminai ancora un po', senza una meta, poi decisi di tornare a casa. Sapevo che Erika era a lavoro e questo avrebbe reso tutto più facile. Riempii velocemente un borsone: mutande, calzini, rasoio, alcune magliette, due paia di jeans, un libro; poi presi carta e penna e le scrissi giusto due righe, per spiegare che andavo a morire da solo, come fanno le aquile o nel mio caso, come chi non ha abbastanza palle per affrontare la realtà.

Mentre uscivo, m'imbattei in un tizio che indossava una giacca uguale alla mia e mi somigliava in maniera incredibile. Ci fissammo alcuni istanti, aveva un'espressione inquisitoria che m'innervosiva alquanto:

"E tu che cazzo vuoi?", gli dissi accompagnando le parole con un cenno del capo quasi a sfidarlo.

"Dove credi di andare?", m'intimò. "Ti sembra questo il modo di comportarsi?"

"Chi sei tu per giudicarmi? Non hai mica il cancro tu."

"In molti ce l'hanno, ma non scappano. Non è certo scappando che si affrontano i problemi."

In tutta la mia vita non ero mai scappato davanti a niente e nessuno, quella frase mi aveva fatto male. Lasciai cadere in terra il borsone e mi accesi una sigaretta, poi, senza che potesse rendersene conto, lo colpii con un pugno fortissimo proprio al centro della faccia. Il volto si frantumò in una ragnatela brillante di crepe concentriche e, mentre il sangue colava dalle mie nocche sui suoi vestiti, alcuni frammenti di vetro caddero in terra risvegliandomi. Scrollai la mano sanguinante e potei constatare che erano solo piccoli graffi superficiali... me la sarei cavata; sorrisi in un ironico sbuffo e "infilai" la porta di casa andandomene. Avevo bisogno di riflettere, ma da solo.

Camminai per una buona mezz'ora, finché non raggiunsi l'ospedale più vicino. Appena entrato, cercai le indicazioni per il reparto di oncologia. Volevo vedere, da vicino, come il male mi avrebbe consumato e cosa m'aspettava.

Dopo aver percorso, per ben tre volte, l'intero corridoio del reparto, gettando occhiate furtive, nelle stanze semibuie, mi fermai davanti alla camera numero trecentodiciannove. Lì, un bambino, di non più di dieci anni, dormiva attaccato a una serie infinita di macchinari. Lo fissai per qualche minuto e notai che ai piedi del letto, in una tasca della spalliera, insolitamente, c'era la sua cartella clinica. Lessi velocemente una lunga serie di paroloni impronunciabili, tra questi, quattro sostantivi mi colpirono più di altri, e decisi di farne un collage: cancro, fegato, compromesso e trapianto.

Alzai lo sguardo verso quel corpicino malato, aveva vissuto meno di un terzo dei miei anni, e stava per andarsene: senza aver mai bevuto un bicchiere di Valpolicella, senza aver mai guidato un'automobile, senza aver mai fatto l'amore con una donna, insomma, senza aver mai dato un solo morso ad una vita che, invece, lo stava divorando avidamente.

In un attimo, avevo già chiuso la porta, sembrava come se stessi seguendo un copione ben definito, ma in realtà ero in preda ad un vero e proprio raptus.

Trovai una penna e scrissi sul muro accanto al letto del bambino: ESPIANTATEMI IL FEGATO, RISPETTATE LA MIA VOLONTÀ E SALVATE ALMENO LUI.

In realtà non potevo sapere come funzionassero certe cose, ne se eravamo compatibili e ancor meno se il tumore avesse già compromesso i miei organi rendendoli non utilizzabili per una donazione, ma se c'era anche una sola possibilità per Andrea, questo era il suo nome, volevo che se la giocasse. In quanto a me, riuscivo a mascherare l'impulso suicida che mi aveva pervaso con una straordinaria energia rigeneratrice donatami dall'importanza di quel gesto e dall'illusione che potesse davvero salvare una vita. Avvertivo un'estasi quasi catartica in ciò che stavo facendo e intendevo arrivare in fondo.

Strappai via il lungo cordone delle tende della camera, ne annodai un'estremità a una ruota del comodino in metallo, poi feci passare l'altro capo a cavallo della ringhiera della finestra, prima sopra e poi sotto la sbarra trasversale, infine, fatto un cappio con il capo opposto, ci infilai la testa stringendomelo attorno al collo. Guardai il bambino e accennai un sorriso, come per salutarlo; poi mi chinai sulle ginocchia e, abbracciato il comodino, mi rialzai faticosamente, sollevando i suoi quasi trenta chili, e lo gettai fuori dalla finestra. Con uno strappo allo scheletro, quel peso morto mi trascinò con la testa addosso alle sbarre della ringhiera; sentii il collo che mi si rompeva, producendo un suono netto e sordo, come quello di un guscio d'uovo, che si infrange sul bordo di una padella.

La mela fu la prima a raggiungere il marciapiede, poi si sentì il tintinnio di qualche monetina sull'asfalto, e solo dopo alcuni istanti arrivò in terra il pacchetto con le due fette biscottate della colazione. Tutto il contenuto del cassetto era sparso sulla strada. I primi passanti avevano già iniziato a gridare, indicando increduli il mobiletto che, oscillando vistosamente, lasciava delle lunghe strisce verdastre sull'intonaco bianco della facciata.

"Che diavolo succede qui dentro?", gridò un'infermiera, entrando nella stanza.

Le sue urla attirarono i poliziotti del posto di

guardia del pronto soccorso. Appena arrivati, chiamarono il commissariato e si misero a piantonare l'ingresso della stanza, mentre i medici all'interno cercavano inutilmente di rianimarmi.

Il bambino, a causa dei potenti sedativi che aveva in corpo, non si era nemmeno svegliato.

Nella confusione di quegl'attimi si udì squillare un cellulare. La voce robotica dell'apparecchio, continuava a ripetere: "D-O-T-T-O-R C-A-R-L-I" ogni due squilli; poi scattò la segreteria.

Quando giunse il commissario, prese il telefonino da sopra il tavolo accanto al bagno e ascoltò il messaggio registrato:

"Signor Randalli, buongiorno, sono il Dottor Carli. Devo comunicarle qualcosa che probabilmente la farà indignare ma allo stesso tempo sono certo la renderà felice. Mi hanno appena informato dal laboratorio analisi che c'è stato un increscioso errore, qualcuno ha involontariamente etichettato male i referti degli esami... lei non ha il cancro. Mi richiami appena le sarà possibile, grazie."

Sognando la finale

13 luglio, mi sveglio avvolto nelle lenzuola
fradice di sudore che, quasi fossi sotto vuoto, mi
fasciano opprimendomi. Sono già incazzato, come
sempre del resto, fatico per liberarmi la gamba
destra e la tiro giù dal letto in maniera tanto
pesante da trascinarsi appresso tutto il resto del
corpo. Sono seduto con i gomiti poggiati sulle
cosce e le mani giunte nello spazio vuoto tra le due
gambe; senza voltarmi, allungo il braccio destro
verso il comodino, afferro il pacchetto delle
sigarette e me ne accendo una; il fruscio del
tabacco che prende fuoco e la fragranza del fumo
celeste che accompagna la prima boccata sono
l'essenza e la forza di questo vizio che preferisco
considerare un compagno di vita. Oggi è il giorno
della finale dei mondiali di calcio. Io sono nella
mia casa a Roma, nel quartiere Testaccio, mi alzo,
apro la finestra e, guardando fuori, il mondo mi
appare diverso; ci sono talmente tante bandiere
tricolore a sventolare dai balconi che sembra
piuttosto il 25 di aprile.

Sbuffo l'ultima boccata di fumo, spengo la cicca
sul davanzale e la lascio cadere nel vuoto dei tre
piani sotto di me, chiudo le persiane e mi vesto
distrattamente; infilo quei quattro stracci che ho
buttato sulla sedia ieri sera per la troppa pigrizia di

riporli nell'armadio; non mi rado come spesso capita perché non ho più voglia di curare il mio aspetto dopo l'incidente, non m'interessa nulla di come appaio al mondo, non m'interessa neanche l'idea che di me posso dare al prossimo e a dire il vero tanto meno m'importa del prossimo stesso.

Scendo in strada senza nemmeno aver cagato ed entro in un bar, ordino un caffè e lo bevo amaro, come sempre; lo mando giù quasi fosse un dovere e non un piacere, non ci penso nemmeno al sapore di quello che sto ingurgitando, è semplicemente mattina, sono sceso senza far colazione e un caffè ci sta. Rimango in giro qualche ora, giusto il tempo di finire quello che era il terzo pacchetto di Marlboro iniziato ieri e ascoltare quattro o cinquecento formazioni diverse da altrettanti C.T. improvvisati, questo è un popolo di artisti, di poeti, di navigatori e... allenatori di calcio a quanto pare.

Ho assassinato un'altra inutile e vuota mattinata e decido di rientrare. Giro la chiave del vecchio portone in legno e noto subito che la cassetta della posta è piena. Inizio a salire le scale scartando disinteressato bollette, resoconti della banca, pubblicità di pizzerie take-away e di società che erogano prestiti personali, oltre ovviamente alle immancabili strisce di carta fotocopiata con su i numeri di STUDENTESSE che danno ripetizioni in ogni materia purché le si paghi. La solita immondizia insomma, ma tra tutto una lettera mi colpisce come un morso in pieno petto; l'aspettavo da tempo e decido di leggerla in casa. È la lettera dell'avvocato che sta seguendo la trattativa con l'assicurazione per l'indennizzo dell'incidente.

Tolgo le mandate alla porta e con una lieve pressione del piede destro la spingo via da me, spalancandola. Dal corridoio buio e stretto come uno sfintere, un puzzo rancido mi prende subito alla gola, penso che devo assolutamente ricordarmi di lasciare le finestre aperte e soprattutto fumare meno e svuotare il lavello della cucina dai piatti sporchi. Percorro il corridoio posando sul mobile dell'ingresso le chiavi e tutto ciò che mi riempie le tasche dei calzoni, poi camminando calpesto con la punta di ciascun piede il calcagno dell'altro per sfilare le scarpe, senza sciogliere i lacci, e le lascio lì a corredare l'inverosimile disordine circostante che fa pensare ci sia stata una deflagrazione in mia assenza. Sbottono i calzoni e li lascio scivolare giù per poi scavalcare con un piede alla volta i venti centimetri di stoffa che si sono ammonticchiati intorno alle caviglie. Mi sfilo la camicia e la canottiera e le getto sul pavimento della sala; giunto di fronte alla libreria mi lascio cadere sulla vecchia poltrona in cuoio. Il sudore lungo la schiena e l'effimera freddezza dello schienale su cui sono poggiato mi donano un brivido in grado di scuotermi dalla fiacca inflittami dalla lunga camminata nell'afa estiva.

Strappo la carta ed estraggo un foglio accuratamente ripiegato in tre parti, salto le prime righe di stucchevoli e inflazionati convenevoli e frugo tra le parole al centro della pagina per cogliere il senso di quella comunicazione; i miei occhi saltano da sinistra a destra come in preda ad un attacco epilettico e trovano pace solo nell'istante in cui individuano la frase che stavano cercando: "Sono lieto d'informarla che la controparte ha accettato di accordarle un indennizzo che può senz'altro essere definito congruo. Un milione e duecentocinquantamila euro che verranno accreditati sul suo conto corrente entro 10 (dieci) giorni da quando Lei avrà espressamente accettato in forma scritta la presente proposta. Spero convenga con me che questo è il miglior risultato che potessimo ottenere, ma soprattutto che sancisce la fine di questo lungo e angosciante braccio di ferro che ha aggiunto tensione al già troppo dolore che la Sua famiglia ha dovuto sopportare". Non riesco a leggere oltre perché gli occhi sudano lacrime, la rabbia monta e accartoccio il foglio nella mano sinistra per poi lanciarlo con sdegno nella penombra della stanza. Non posso credere alle parole appena lette, "la controparte ha accettato", come se non bastasse il fatto di aver distrutto la vita della mia famiglia per poi sfruttare la propria fama per non scontare alcuna pena, ma soprattutto un senso di nausea accompagna le parole "congruo" e "indennizzo", come se fosse realmente possibile ristorare il dolore con del denaro, come se la vita di un ragazzo di venti anni annientata per sempre fosse in vendita, come se si potesse dare un prezzo alla dignità umana.

Mio figlio amava giocare a calcio e oggi è tetraplegico, la frattura di due vertebre cervicali lo ha reso un suppellettile umano che per bere deve servirsi di una cannuccia, per mangiare ha bisogno d'essere imboccato, poiché dal collo in giù nulla nel suo corpo è più in grado di muoversi e perfino per defecare ha bisogno che l'infermiere, che lo segue 24 ore su 24, indossi dei guanti in lattice e gli svuoti l'intestino. Questa è la vita di mio figlio, un ragazzo che amava disegnare e che oggi sta faticosamente imparando a farlo tenendo tra i denti una matita speciale, insomma questo è ciò che gli è rimasto dopo l'incidente, un'anima vivace e giovane mortificata e umiliata in un corpo sconnesso dalla testa, il collegamento è saltato ed è come se fosse imprigionato in un cranio arroccato su di un corpo estraneo, quasi non gli appartenesse, quasi fosse un ingombrante e goffo pendaglio, costantemente bisognoso di assistenza per non marcire letteralmente d'inedia e qualcuno, a tutto questo è riuscito a dare un prezzo e a definirlo addirittura congruo? Beh! Che si fotta e che Dio, se ce n'è uno, possa congruamente donargli un viaggio di sola andata nella vita di mio figlio e nell'incubo d'essere rinchiusi ancora vivi in un corpo ormai morto.

Mi alzo a fatica e vado in cucina a prendere le cose da mettere nello zaino che aspetta da mesi d'esser preparato per l'occasione che sto aspettando e decido che è giunto il momento di fare ciò che devo. Apro il frigorifero e la desolazione più totale si appalesa, la luce fatica a rimanere accesa e mi arriva ad intermittenza come quella di un lampione oscurato dal frenetico sbatter d'ali di una falena. Una testa d'aglio fiorita spicca da uno dei ripiani, che sembra piuttosto un giardino pensile, mentre dal cassetto delle verdure due pomodori avvizziti e già parzialmente digeriti dalla muffa emanano un odore sinistro. Dal ripiano centrale, prendo un sacchetto di carta paglia contenete dei limoni che ho comprato ieri e lo poggio sul lavandino pieno di piatti e degli avanzi di chissà quanti giorni. Ne taglio a metà una dozzina e ne spremo il succo in una ciotola, il limone è incredibile perché cela, dietro le sue rinomate proprietà benefiche e terapeutiche, delle peculiarità in grado di renderlo qualcosa che può andare ben oltre un'innocente spremuta. Aggiungo dell'alcool puro fino ad ottenere circa mezzo litro di cocktail e infine aggiungo pepe nero, sale e peperoncino in polvere in grandi quantità; poi prendo un frullatore ad immersione e mescolo il tutto nel tentativo di rendere omogeneo il risultato finale, non devono assolutamente formarsi grumi. Verso il contenuto della ciotola in una boccetta di plastica che avvito scrupolosamente, poi prendo una bustina di quelle trasparenti per surgelati e ci verso una manciata abbondante di sale grosso e vi aggiungo altro peperoncino in polvere. Boccetta e bustina finiscono nello zaino.

Vado in bagno e dall'armadietto delle medicazioni estraggo tre siringhe, una da insulina con l'ago piccolo, una da 2.5 ml, come quelle utilizzate dagli eroinomani per intendere, e una grande di quelle che si usano per i prelievi con l'ago decentrato e altrettanto grande. Ora ho tutto ciò che mi occorre. Nello zaino oltre alla boccetta con il succo corretto, il sacchetto di sale e le tre siringhe, avevo già messo da tempo una pistola ad aria compressa modificata affinché sembrasse vera, un grosso rotolo di nastro telato per riparazioni idrauliche, l'iPod e uno dei tanti libri che compro nella speranza di trovare il tempo per leggerli.

Decido di farmi una doccia, sono stanco e ho bisogno di riprendermi un po' per affrontare quello che mi accingo a fare.

Sono nudo, sotto l'acqua fredda che irregolarmente esce dal soffione pieno di calcare; all'inizio è dura resistere, poi ci si abitua e l'acqua, che scendendo lungo la schiena sembra mordere, mi sveglia e mi tonifica. Esco senza neanche essermi insaponato, indosso l'accappatoio pesante e umido che non emana un buon odore, non ricordo neanche quand'è l'ultima volta che l'ho lavato. Scalzo e coi piedi fradici vado in camera, frugo nei cassetti e lascio cadere in terra l'accappatoio per indossare una vecchia tuta e delle scarpe da ginnastica; seduto ai piedi del letto sono curvo a stringere i lacci e, tirando su la testa, mi vedo riflesso nello specchio senza riconoscermi, ho la barba lunga, gli occhi infossati e vuoti, le guance scavate per il sonno e la pessima alimentazione o forse semplicemente per le troppe sbronze. Mi osservo ed è come se non avessi espressione, sono apatico, distante, e spaventosamente impassibile, come il corpo di mio figlio dal collo in giù.

Mi alzo e raccolgo lo zaino da per terra, lo metto sulle spalle e, aprendo il cassetto del comò alla ricerca dell'ultima conferma che mi spinga a fare ciò che ho programmato, ne estraggo i ritagli di giornale di quella maledetta notte. Quelle parole urlate in grassetto maiuscolo risultano come schiaffi a mano aperta: "TERRIBILE INCIDENTE ALL'IMBOCCO DELLA TANGENZIALE EST DI ROMA. COINVOLTE UNA MOTOCICLETTA E LA FERRARI DEL CALCIATORE MARIO TORRISI. GRAVI LE CONDIZIONI DEI DUE CENTAURI, MIRACOLOSAMENTE ILLESO IL CAMPIONE DELLA NAZIONALE." Nell'articolo si legge che al volante c'era la ragazza del calciatore trovata positiva sia all'alcool sia alla cocaina. Io ero lì e so che non è andata così. Lui guidava l'auto ed è planato sull'incrocio senza la minima esitazione falciandoci allo STOP per poi cambiarsi di posto con la sua donna mentre io e mio figlio giacevamo sul selciato in fin di vita. Quella notte si è portata via la gioia di vivere della mia famiglia, mentre a lui è costata solo una squalifica di un anno per tracce di cocaina nel sangue e la conseguente esclusione dalla Nazionale. La gente ha rapidamente dimenticato il dramma che si era consumato e l'unica cosa della quale si parla ancora a distanza di mesi è della sua clamorosa esclusione dal Mondiale e di quanto questo abbia ridotto sensibilmente le possibilità di successo della spedizione azzurra. Negli ultimi giorni ho perfino sentito alla radio il suo procuratore mentre raccontava con dispiacere come uno stupido errore di gioventù avesse negato al suo assistito il sogno di tutta una vita. So bene che il tempo lenisce quasi ogni sentimento, cambiando il modo in cui ci rapportiamo alle cose, ma la velocità con la quale è riuscito a trasformare il carnefice di mio figlio in una specie di vittima degli eventi è davvero insopportabile.

Ripongo nel cassetto i ritagli e con essi gli ultimi dubbi residui; vado alla porta d'ingresso, la apro ed esco sbattendomela dietro senza neanche dare le mandate. Arrivo in strada e mi dirigo alla fermata del tram. Accanto a me una donna sui trentacinque anni tiene per mano il figlio che di anni ne avrà forse sette o otto, il bambino è vestito con un completo da calcio dell'Italia palesemente contraffatto e nei suoi occhi posso leggere chiaramente lo stupore per tutto ciò che d'inusuale deve aver visto oggi da quando è uscito di casa. Magari sta andando al parco a giocare la sua personalissima finale, fatta di fantasia e gloria, perché i bambini non cercano la realtà, ma costruiscono i loro mondi immaginari nei quali esiste un solo possibile epilogo... il lieto fine.

L'osservo, mi guarda e mi rivolge un sorriso dicendomi:

"Forza Italia Signore, Forza Italia!"

La donna che lo tiene per mano, lo tira leggermente a se e, chinandosi un poco verso di lui, gli sussurra:

"Francesco non disturbare il signore."

Non le dico niente, ma quel bimbo è così eccitato che non credo sia possibile contenerne gli slanci emotivi e poi non ha fatto nulla per il quale debba esser ripreso. Ecco il tram, guardo il bambino ma non riesco a sorridergli, vorrei, ma non ci riesco proprio.

Sono appoggiato al finestrino con la tempia e il peso della testa amplificato dall'ennesima notte insonne, infligge alla pelle del viso una tensione tale da fare del mio occhio sinistro una semplice fessura, quasi un taglio. Solitamente non uso i mezzi pubblici, ma questa volta fa parte del piano e non posso scegliere diversamente. Il 3 che sferragliando s'arrampica su per la dolce salita di viale Aventino ingoia metro dopo metro le rotaie incastonate tra i sanpietrini e, seppur infastidito dal sedile duro e scomodo e dal formicolio che mi sta addormentando il culo, non posso non apprezzare lo spettacolo di una Roma che oltre il vetro scorre davanti ai miei occhi muta e veloce come una pellicola di Buster Keaton. All'altezza del Parco della Resistenza dell'8 settembre, mi ritrovo a guardare la statua del tizio a cavallo in Piazza Albania, perché sotto il suo fiero sguardo da eroe, quando ero bambino, avevo giocato alcune delle più belle partite di calcio della mia vita, oggi invece ci stanno allestendo uno delle decine di maxi schermi che in tutta la città permetteranno alle persone di vedere accalcate in un'ipocrita coesione patriottica la partita di questa sera. Qualcuno si è arrampicato sulla statua ed ha cinto il collo del condottiero in bronzo con una bandiera tricolore; un cingalese poco distante sta allestendo un banchetto di fortuna sul quale vendere trombe e sciarpe di ogni genere. Il tram riparte strattonandomi e quasi l'occhio mi si strappa dalla faccia, mi sistemo sul sedile e intravedo le mura di Santa Prisca e, pochi istanti dopo, ecco schiudersi alla mia vista la distesa del Circo Massimo, sovrastata dai resti del Palatino. È incredibile quanto Roma sia tanto bella e accessibile da non esser quasi più notata da chi l'abita; è come una femmina che anziché mostrarsi con malizia, lasciando intravedere le proprie grazie con parsimonia, in un gioco di seduzione e trasparenze, si mostra tutta e subito in un'abbondanza di forme e nudità al punto da sembrar meno apprezzabile solo per la facilità con la quale la si è ottenuta, senza che l'immaginazione abbia potuto alimentare il desiderio. È come leggere indifferente il giornale mentre tua moglie ti ronza attorno in mutande e reggiseno per poi trovarsi invece eccitato a sbirciare due centimetri di cosce che la collega di stanza ha sapientemente lasciato scoperti tra l'elastico delle calze e l'orlo della gonna.

La prossima fermata è la mia, poi dovrò proseguire a piedi per qualche centinaio di metri e sarò arrivato al mio personalissimo stadio dove potrò giocare la mia di finale.

La villa è molto grande e in una posizione davvero invidiabile, il muro di cinta abbastanza alto da proteggere l'intimità del giardino interno, ma non abbastanza da impedire la vista di una facciata sfarzosa e imponente, segno di una ricchezza ostentata e al tempo stesso elegante. Mi siedo sul prato antistante e poggio la schiena alla base di un lampione in ghisa, uno di quelli di una volta, che da queste parti ancora si possono trovare, la base è lavorata a rilievo e rende difficile trovare la giusta posizione, ma dopo poco non ci faccio più caso, tiro fuori il mio libro ed inizio a leggere, ma sempre con un occhio al cancello d'ingresso e mi ripeto che prima o poi dovrà rientrare, lo so perché sono mesi che mi apposto qui fuori e se c'è una cosa nella sua vita sregolata che continua a ripetersi sempre nello stesso modo è che lui vede in casa tutte le partite della nazionale e sempre da solo, figuriamoci la finale dei mondiali ai quali non ha potuto partecipare.

Il tempo passa in un crescendo di rumori, da ogni parte sciami di persone scorrono come acqua verso il mare e vanno a riempire quel magnifico catino che è il Circo Massimo alle mie spalle. Manca poco all'inizio della partita e l'attesa accumulatasi durante tutta la giornata lascia il posto ad un diffuso senso di sovreccitazione tipico dell'adrenalina che sale. Già si vedono i primi mezzi di trasporto addobbati come carretti siciliani con ogni tipo di sciarpa bandiera e vessillo che richiami i colori dell'Italia. La scaramanzia che solitamente regna sovrana nel mondo dello sport viene soppiantata dall'irriverente strafottenza di chi, perdendo aderenza con la realtà, crede, forse a ragione, che essere giunti in finale significhi giocarsela alla pari con l'avversario e quindi poter vincere nonostante la manifesta inferiorità.

Eccolo finalmente, iniziavo a temere che non rientrasse più. La luce gialla lampeggia su uno dei montanti del cancello mentre il braccio meccanico inizia a spalancarlo producendo il tipico ronzio delle aperture automatiche. Mi alzo e mi avvicino all'ingresso, non devo prestare alcuna attenzione per non essere notato, oggi tutto è lecito, nessuno noterebbe qualcosa d'insolito perché in occasioni come questa la natura umana produce le sue espressioni più bizzarre e tutti stanno già pensando a dove e come dare sfogo alla gioia per l'eventuale vittoria, tutto ciò che accade sotto i loro occhi, beh! Semplicemente non interessa. L'auto è appena entrata e il cancello sta già richiudendosi quando mi lascio scivolare all'interno, scavalcando attentamente la fotocellula per non interromperne la chiusura. Non mi ha visto altrimenti sarebbe già sceso per aggredirmi, è quel tipo di persona che abbaia subito la sua mascolinità, ma so che è un vile, quello che ha fatto alla mia famiglia e come si è nascosto dietro la sua fama per non pagare per i propri errori, lo dimostra. Mi accosto alla siepe che corre intorno al giardino lungo le mura di cinta, l'auto s'inchina sulla rampa che porta al box ed io aspetto appunto che sia entrata per avvicinarmi. Spegne il motore, apre lo sportello e poggia il piede sinistro in terra e gli sono subito addosso dicendo:

"Fermo, non dire una parola e non fare cazzate."

La canna della mia pistola è pigiata dietro il suo orecchio sinistro.

"Cosa vuoi? Chi cazzo sei tu?"

"Stai zitto e dammi il cellulare muoviti", me lo passa tremando e mi dice:

"Se sono soldi che vuoi, posso dartene ma non fare cazzate, hai capito?"

Con la mano destra lo afferro per i capelli e gli piego il capo all'indietro scoprendo la gola e facendogli schiudere la bocca in una smorfia di dolore, lui prova a reagire ma la pistola puntata sotto il suo mento lo fa deglutire a fatica; sento il pomo d'Adamo che scivolando sotto l'acciaio della canna, la sposta leggermente verso destra e allora spingo più forte. Vedo i suoi occhi schizzare quasi fuori dalle orbite mentre accenna un colpo di tosse strozzato nella trachea piegata innaturalmente all'indietro. Nel suo sguardo è disegnata la paura, continua ad offrirmi denaro, ma voglio ben altro.

"Non mi hai riconosciuto vero? Beh! Abbiamo tempo, vedrai che ti ricorderai di me."

Mi fissa di tre quarti, sempre deglutendo a fatica, mentre continua a scartabellare le immagini della sua memoria in cerca di una risposta; poi deve averla trovata, lo capisco perché dilata le pupille e inizia a tremare farfugliando qualcosa, sembra quasi aver visto un fantasma, riesco appena a comprenderlo mentre mi dice:

"Mi dispiace, ma non guidavo io e poi so che l'assicurazione vi ha pagato no? Se vuoi posso darvi altri soldi ma..."

Lo colpisco rabbiosamente sullo zigomo col calcio della pistola, mentre con l'altra mano continuo a tenergli saldamente il capo tirandolo per i capelli; mi chino sul suo volto e gli sussurro:

"Già! L'assicurazione ha pagato, ma tu ancora no e sono qui proprio per questo. Ora entriamo in casa e non fare resistenza altrimenti ti ammazzo sulle scale."

Mentre saliamo al piano superiore, sembra che la paura lo abbia quasi paralizzato e si muove con estrema lentezza, è rigido, ma avanza. Giunti al primo piano gli chiedo di portarmi in salone o dovunque ci sia un televisore e delle sedie. Si volta, la sua espressione è interrogativa, non sembra capire, gli dico che non intendo fargli perdere la finale e che la vedremo insieme, poi aggiungo:

"Sei contento?"

Capisco che alla paura si è sostituito il terrore di non capire cosa sta accadendo né fin dove vorrò spingermi. Mi conduce in una stanza enorme, arredata con due divani in pelle grigia disposti a formare un angolo davanti ad un termo camino di puro design minimalista, posto al lato di un'ampia parete candida percorsa da un lungo e stretto mobile laccato, alzo lo sguardo e noto che al centro del soffitto è appeso un proiettore e negli angoli campeggiano le casse del sistema Home Theatre, il resto dell'ambiente è occupato da un grosso tavolo in cristallo poggiato su due colonne in marmo nero e da sei sedie in pelle nera con le zampe in acciaio cromato, non c'è un quadro, è tutto maledettamente freddo e asettico come è normale che sia una casa che non è realmente vissuta e che serve solo a poter dire di averne una.

Il mio sguardo deve essere talmente tanto vuoto da far più paura della pistola che impugno perché quando gli ordino di spogliarsi, inizia a farlo senza neanche chiedermi il perché. Si toglie i vestiti e quando rimane in mutande gli dico di prendere una sedia e disporla davanti al divano frontalmente rispetto alla parete dove proietteremo la partita. Gli passo il nastro telato che nel frattempo ho estratto dallo zaino e gli intimo di sedersi e di passare i piedi all'interno delle due zampe frontali della sedia e poi dietro di esse come se ci si dovesse aggrappare.

"Ora prendi il nastro e legati le caviglie alle zampe e stringi bene altrimenti dovrò farlo io e non ti piacerà."

Stavolta prova a dire qualcosa ma mi avvento

verso di lui come per colpirlo di nuovo con il calcio della pistola e lui, portandosi le mani al volto, mi implora di non farlo. È davvero patetico, non ha neanche cercato di reagire, ma meglio così, avrebbe perfino potuto farcela visto che lo sto minacciando con un giocattolo. Appena ha fatto ciò che gli ho detto, gli ordino di unire le mani dietro la schiena cingendo con le braccia lo schienale e mi avvicino per legargli i polsi sempre con il nastro. Ne stacco un altro pezzo e glielo metto sulla bocca così non potrà urlare, cerca di dimenarsi ma è tardi per opporre resistenza, è fuori tempo massimo, ora non può più crearmi problemi.

Mi siedo sul divano alle sue spalle e rimango lì per qualche interminabile minuto, osservo il sudore che gli scende lungo il collo e mi diverte vederlo mentre legato com'è cerca di voltarsi per capire cosa io stia per fare, ma non riesce a vedermi perché la sedia ha lo schienale troppo alto e mi nasconde ai suoi occhi. Ha paura e quasi riesco a sentirne l'odore, poi afferro il telecomando e accendo quell'arnese, mi alzo e chiudo tutte le finestre per ottimizzare la qualità delle immagini ma soprattutto per proteggere l'intimità che dovremo condividere. Decido d'iniziare il trattamento che ho scelto di riservargli, ma prima mi fermo un momento a guardare e realizzo che la partita è già iniziata da un paio di minuti. Apro lo zaino ed estraggo le tre siringhe, il sacchetto con il sale e la bottiglia di plastica, poi dispongo tutto sullo stretto mobile davanti a noi, davanti ai suoi occhi sempre più vibranti. Sistemo le siringhe affinché possa vederle bene e poggio anche la pistola per poi dirigermi fuori dalla stanza dicendo:

"Ho dimenticato una cosa, torno presto non preoccuparti."

Faccio le scale rumorosamente e, giunto alla porta d'ingresso, la apro e, senza uscire, la richiudo sbattendola. Ora tolgo le scarpe e con la massima attenzione a non farmi sentire risalgo per gustarmi la scena di lui che cerca di approfittare della finta opportunità che gli ho creato solo per potergli infliggere un'ulteriore frustrazione. I nostri avversari ci stanno schiacciando nella nostra metà campo e il telecronista continua a ripetere che siamo tutti dietro la linea del pallone e non riusciamo a ripartire.

Lo sfondo verde sfuma e perde definizione mentre rimetto a fuoco il mio obiettivo che si dimena e cerca di spostare la sedia verso il muro ma tutto legato com'è non ho idea di cosa intenda fare; è incredibile vedere come l'istinto di sopravvivenza s'infranga contro la dura realtà e ignori la logica cercando una salvezza che non può trovare. Non può sospettare che io sia dietro di lui e quando mi chino alle sue spalle sussurrandogli nell'orecchio:

"Eccomi di nuovo, ti sono mancato?"

Posso apprezzare il terrore e la sorpresa mentre sobbalza e il cuore in palpitazione gli pompa il sangue talmente forte da spingergli gli occhi quasi fuori dal cranio. L'impianto audio emana un urlo e alzo gli occhi giusto in tempo per vedere i nostri difensori congratularsi con il portiere che deve aver compiuto una grande parata. Il replay mostra l'intervento che è stato un vero e proprio miracolo, ma siamo solo al 18esimo e credo sia una mera questione di tempo, poi capitoleremo.

Tolgo il cappuccio a tutte e tre le siringhe ed inizio a riempirle con il contenuto della boccetta, lo sento agitarsi dietro di me, ma non intendo attendere oltre, prendo il sacchetto del sale grosso e mi avvicino alla sua faccia, gli strappo via il nastro dalla bocca e mentre cerca d'implorarmi gli punto la pistola in mezzo agli occhi e gli ordino di spalancarla, lo fa e la riempio con una grossa manciata di sale e peperoncino per poi richiudergliela nuovamente con il nastro. La salivazione sarà inarrestabile e prima di quanto potessi immaginare iniziano i conati ma non potendo rigettare è costretto ad ingoiare il suo stesso vomito misto al sale.

L'osservo attentamente mentre rischia di soffocare e gli metto la pistola tra le dita confessandogli che è solo un giocattolo. Il suo sguardo si abbatte sotto il peso del rammarico per non aver tentato e io rido sguaiatamente mentre gli metto dei grani di sale all'interno delle palpebre inferiori prima di tornare ai miei preparativi.

Sono pronto, mi avvicino alla sua faccia brandendo la siringa più grande e con l'ago puntato sotto il suo occhio destro che rosso di capillari infiammati lacrima copiosamente, scivolo lentamente verso il basso graffiandogli la guancia, quando, un boato irrompe nella stanza amplificato non tanto dagli altoparlanti quanto dalle migliaia di persone assiepate a poche centinaia di metri dalla

villa. Mi volto e vedo i giocatori dell'Italia saltare
uno alla volta su alcuni compagni già abbracciati in
terra. È incredibile ma siamo passati in vantaggio.
Grande lancio del regista dalla nostra trequarti, il
centrale avversario che buca l'intervento di testa e
la nostra punta che fa il resto infilando il portiere

in uscita disperata, il calcio è davvero uno strano sport.

Riporto lo sguardo sul mio "amico" e gli chiedo se è contento; si lamenta e si agita mentre un liquido schiumoso dal colore giallo ocra gli cola dal naso fin sulle gambe. Torno a posare l'ago sul suo corpo e stavolta lo punto sulla più alta delle costole, sussulta leggermente, ma non troppo, sembra quasi privo di forze. Inizio a pizzicarlo senza forare la pelle e spingo sul costato accompagnando la rotondità delle ossa, quasi come fa un plettro sulle corde di una chitarra, e mentre scendo dall'alto verso il basso la carne rimane impigliata sotto la punta dell'ago e si tende formando delle ampie pieghe a forma di V, simili alle increspature dell'acqua quando viene solcata da uno scafo. A metà del pentagramma osseo mi fermo e, senza esitazioni, affondo per l'intera lunghezza l'ago fino alla base e, mentre si tende in preda al dolore, gli scarico in corpo tutto il contenuto della siringa irrigando le sue carni con la soluzione alcolica di acido citrico e spezie.

Qualche minuto ed inizia a lamentarsi con dei versi simili ad un pianto miagolato mentre un ponfo rossastro riempie lo spazio intercostale. Torno al mobile per prendere un'altra siringa quando un boato stavolta proveniente dalle sole casse mi riporta alla partita giusto in tempo per vedere il replay dell'immediato pareggio avversario. Ora tutto sembra tornare alla normalità. Mi volto e ha la testa china sul petto, dal foro appena praticato defluisce un rivolo rosato mentre sull'addome gli si è formata una crosta di saliva, vomito e sale grondati giù dal naso. Lo prendo per i capelli e con la siringa da 2,5 gli inietto metà del contenuto sul collo e la restante parte pugnalandogli una coscia; si dimena e avverto l'urlo soffocato che sfiata dalle narici infuocate mentre l'ago si spezza e gli rimane conficcato nella gamba. Torno a prendere la siringa da insulina e con l'occasione riempio nuovamente quella grande e, alzando la testa, noto che le squadre stanno rientrando negli spogliatoi. Tolgo il volume perché odio la pubblicità, lascio le siringhe piene sul piano d'appoggio e senza nemmeno guardarlo vado a cercare la cucina per farmi una birra, è pur sempre l'intervallo no?

Non ci sono birre, ma trovo delle ottime bottiglie di vino, ne stappo una di rosso e cerco un bicchiere. Inizio a bere girando per la casa con la bottiglia in una mano e il bicchiere nell'altra; ho bisogno di allentare la tensione perché sento il collo duro e dolorante e penso che forse attendere che il vino faccia il suo lavoro mi aiuterà a concludere il mio. Non ho consapevolezza del tempo che scorre ma, all'improvviso, un brusio dall'esterno mi fa capire che deve esser successo qualcosa e decido di tornare in sala. Quando vi giungo, la parte alta dello schermo indica che siamo sotto per 2 goal a 1 e manca circa mezz'ora alla fine della partita.

Il mio ospite trema e si lamenta in maniera strana, mi avvicino alla sedia e, afferrandogli i capelli, sollevo il capo e noto che ha lo sguardo spento e assente, dal naso continua a colare un mix di muco e vomito mentre sta sudando da fare schifo, pare abbia un febbrone. Mi asciugo la mano sui pantaloni della tuta, poggio il bicchiere ancora pieno per metà accanto alle siringhe e prendo quella da insulina con la quale intendo iniettargli del succo nei bulbi oculari, sto eliminando l'aria con una leggera pressione sullo stantuffo accompagnata da piccole "schicchere" al corpo della siringa e, giusto un attimo prima di voltarmi, sento un rantolo sordo e profondo, seguito da uno sbuffo grasso e roco. Mi giro di scatto e sembra essere svenuto. Con la siringa nella mano destra mi avvicino e con il palmo della sinistra puntato sulla sua fronte gli sollevo il capo, ha gli occhi leggermente socchiusi e posso intravedere la pupilla innaturalmente immobile. Non succede nulla, non reagisce. Non è possibile, non può essere già morto, mi chino sul suo petto e non sento il battito... "È andato cazzo! È andato."

Lo guardo con astio mentre torco leggermente il busto, senza staccargli gli occhi da dosso, e col braccio proteso alle mie spalle frugo l'aria con le dita e riesco a trovare il bicchiere. Porto il vino alle labbra e ingollo d'un fiato ciò che ne era rimasto, poi lascio la presa e il rumore del vetro che s'infrange mi arriva da lontano, mi sento come in una bolla, non sento altro che il brusio sordo del mio respiro come se l'aria cercasse d'uscire dalle mie orecchie.

Mi accovaccio sulle ginocchia, quasi sedendomi sui talloni alzati da terra, mentre le punte dei piedi sotto l'intero peso del corpo sgretolano i pezzi di vetro che li circondano. Lo guardo dal basso verso l'alto quasi in contemplazione; inizio a perdere i contorni dell'immagine che sto fissando ormai da diversi minuti e inizio a vedere solo un corpo inerme e martoriato. Ora che è morto, improvvisamente, è come se non riuscissi più a vedere l'uomo che ha distrutto la mia vita, i miei occhi rotolano sul corpo di un ragazzo di ventotto anni, martoriato e profanato da un cinquantenne che potrebbe essergli padre e penso a mio figlio e ora, solo ora, capisco ciò che ho fatto e mi vergogno. Sarà forse colpa del vino, ma sento lo stomaco rivoltarmisi dentro e un conato di vomito mi riempie la bocca e lo tengo a stento mentre crollo sulle ginocchia ed inizio a piangere senza controllo. Ho passato mesi ad immaginare la vendetta che speravo mi avrebbe regalato un po' di pace, ma ora mi rendo conto che mio figlio rimane un ragazzo di venti anni inchiodato su di una sedia a rotelle, mentre io sono diventato un sadico assassino.

Un'ora più tardi sto camminando tra centinaia di persone che sembrano perse in cerca di qualcuno che gli spieghi cosa non ha funzionato. Ragazzi e ragazze dai visi truccati sciamano a testa bassa e in gran silenzio verso le loro case. I fari delle auto creano interminabili processioni silenziose e tutt'intorno a me sembra che il mondo sia ferito, gente che piange, adolescenti sdraiati in terra con le mani nei capelli, altri che bestemmiano e imprecano prendendo a calci l'aria e le centinaia di bottiglie e lattine di birra che pavimentano il selciato. In questo preciso istante dall'altra parte del mondo un intero paese sta impazzendo per la conquista del titolo mondiale mentre qui dilaga la desolazione per un sogno infrantosi bruscamente. In tutto ciò, io non riesco a sentire nulla, è come se fossi immerso in un liquido scuro e pesante come la notte che mi isola da tutto tranne che da me stesso; ho da poco ucciso un uomo, mio figlio è ancora disabile e io vorrei tanto poter tornare indietro.

***

È un tardo pomeriggio di luglio e, se non bastasse questo caldo denso che ti fa sciogliere i capelli sulla fronte, c'è l'assordante frinire delle cicale a ricordarti che è piena estate. Il sudore mi scende lungo una guancia e l'impulso di alzare una mano e asciugarmi è forte e chiaro, ma non c'è nessuno a recepirlo, tutto precipita dentro di me come in un pozzo stagnante, il corpo non sente ciò che il cervello gli ordina e io avverto il fastidioso solletico del sale che scende zigzagando un millimetro alla volta sulla mia pelle, poi finalmente raggiunge il collo e come per magia; il nulla, non sento più niente di niente. Il sole ancora lontano dal voler tramontare sembra un buco in mezzo al cielo dal quale raggi provenienti da chissà dove alle spalle del sipario celeste, filtrano stendendo una mano di arancio pallido su tutto ciò che incontrano. Il fascio di luce dietro di me imprime un'istantanea della mia figura tozza e nera sul candido marmo della lapide che sto guardando. L'incisione nella pietra è dipinta di un color mattone ed è incastonata nella lastra che, venata di tutte le possibili declinazioni del bianco, fa da degna cornice ad un epitaffio che, per quanto dettato dall'amore e dal dolore più profondi, testimonia l'impossibilità per le parole di raccontare la grandezza di un essere umano. I miei occhi accarezzano ogni singola lettera della scritta: "Vivremo del tuo amore e dei tuoi insegnamenti...". Non riesco a capire come il mondo possa apparire uguale a sempre; un uomo speciale non c'è più eppure nessuno sembra essersene accorto tranne me. Mi manchi da impazzire papà, ma finalmente stanotte sono riuscito a sognarti. Ancora una volta il mio inconscio ha messo in scena la vendetta che tanto desidero e che il mio corpo non potrà mai realizzare, ma stavolta eri tu ad ucciderlo e rivederti vivo, seppur in sogno, mi ha donato una gioia che non credevo più possibile. Vorrei tanto esser morto io al tuo posto in quel maledetto incidente... vorrei che tu fossi ancora qui con me per lasciarmi abbracciare da te.

Ora però è meglio che vada, altrimenti scoppio a piangere e so che non vorresti e poi stasera c'è la finale dei mondiali e quest'infermiere che mi accompagna è bravo ma ha una flemma tale che se non ci sbrighiamo rischio di perdermi la partita e so che non vorresti neanche questo.

Ciao papà, torno a trovarti domenica mattina.

Madre natura

La fresca luce del mattino schiude la tenda della notte affacciandosi discreta nella stanza. Attraverso le fessure delle persiane accende il giorno sui nostri corpi addormentati, mentre il felice canto dei passeri inizia a richiamare i miei sensi. Mi scopro sgraziato e a pancia sotto, mentre lei mi respira accanto, dolce e delicata. Riposa su di un fianco, come se qualcuno ce l'avesse adagiata. Ha un'espressione che è l'immagine della pace stessa, gli occhi sono chiusi in un sonno sereno, il viso è disteso senza nemmeno un segno del tempo ad attraversarlo, il respiro è profondo e rispettoso mentre le gonfia i prosperi seni materni. Ha un braccio sotto la testa che le sparisce tra i capelli sciolti, l'altro è disteso lungo il fianco per poi piegarsi a protezione del ventre che appoggiato, teso e rigonfio come una sacca piena d'acqua, contiene le due piccole vite. Tre cuori battono all'unisono come pistoni di uno stesso motore vitale. È così bella che non sembra nemmeno reale. Quello che provo sa di amore e pienezza ma non so descriverlo. La guardo in un misto di ammirazione e incredulità, mentre in lei si compie il miracolo della vita. È nata per questo; tutto il resto è semplice contorno. Non è nemmeno più una donna; lei è semplicemente madre natura.

La carezza

Le poltrone in alcantara rossa erano disseminate in ordine sparso riempiendo l'enorme sala d'attesa in maniera uniforme. La distribuzione degli spazi era stata studiata bene e la gran quantità di persone presenti poteva attendere il proprio turno comodamente seduta. Il colpo d'occhio era impietoso, la stragrande maggioranza dei presenti era coetanea, un'intera generazione falciata da un infame male che si nutre di chi lo ospita.

La prima volta in quel posto eravamo rimasti seduti al centro di quell'enorme sala piena di dolore per meno di un'ora, giusto il tempo d'incontrare i medici per un consulto e permettere loro di scegliere il corretto approccio terapeutico. La radioterapia antalgica non è una vera e propria cura, ma piuttosto un palliativo con devastanti effetti collaterali; ma quando il dolore ti lacera nel corpo e nella mente, non si può prestare attenzione alle conseguenze delle azioni, si deve solo e necessariamente cercare di contrastarlo in ogni modo possibile, altrimenti si rischia d'impazzire. Quel giorno ricordo di aver letto più della metà di uno dei libri di poesie di Bukowski che tanto mi hanno tenuto compagnia in questo viaggio senza speranza. A metà della poesia d'apertura, intitolata *La tragedia delle foglie*, lessi:

"Il dolore è assurdo perché esiste, niente di più", poi alzai gli occhi dalla pagina e sfiorando con lo sguardo le persone nella sala pensai che avesse senso leggere loro quella frase ad alta voce, ma non l'aveva; niente aveva senso lì dentro. Quando riaccompagnai lì mio padre, fu per la terapia e questa volta trovammo posto lungo una delle pareti perimetrali della stanza. Io sedetti accanto a lui mentre mia madre trovò posto poco distante da noi. Una larga colonna in cemento ci teneva al riparo dalla vista dei più, anche se in posti del genere la malsana curiosità, tipica dell'uomo in presenza di altri uomini afflitti da un qualche disagio, risulta assopita dalla triste condivisione dello stesso destino. Tutti lì dentro avevano da ingoiare il proprio boccone amaro e nessuno aveva voglia di guardare nel piatto altrui. La malattia ed il dolore in un certo senso induriscono ma, allo stesso tempo, rendono più attenti ai dettagli, forse anche più rispettosi per la dignità umana perché la sofferenza è in grado di migliorare la percezione che abbiamo della vita, amplifica il valore che diamo alle cose e ci rende più sensibili. Chi sta lottando per non morire non ha tempo da dedicare all'inutile curiosità per i problemi altrui, sa bene che cosa significhi e quanto facciano male gli sguardi impietosi e insistenti di chi ti fissa attratto dal tuo disagio e per questo evita di fare altrettanto. Questo però non è più vero quando si tratta di dolore riflesso. Quasi sempre ci mostriamo affranti per la sofferenza del prossimo nel momento in cui ce la troviamo davanti, magari, siamo anche sinceri, ma allo stesso tempo, appena non è più sotto i nostri occhi, riusciamo tranquillamente a vivere senza neanche pensarci... è davvero incredibile quanto dolore l'animo umano possa riuscire ad accettare quando non ne è toccato da vicino.

Comunque eravamo lì ed attendevamo di essere chiamati. Accanto a noi sedeva una strana famiglia che sembrava venir fuori direttamente dal film con Nino Manfredi "Brutti, sporchi e cattivi".

Una ragazza, perfino bella, annacquava le sue doti estetiche in una vera pozza di maleducazione senza fondo. Stava in piedi spalle alla sala e raccontava non so bene cosa, con un vocabolario di non più di trenta parole, tra le quali, incastonava come gemme bestemmie di una fantasia e grettezza mirabili; le parolacce accompagnavano i concetti rafforzandone il senso come fossero accenti. La corpulenta signora che le sedeva davanti doveva essere la madre e anch'essa si esprimeva in maniera drammaticamente volgare con l'aggravante dell'età avanzata e di un aspetto a dir poco sgraziato. Accanto alla donna sedeva un uomo sulla sessantina, magro e smunto, alquanto taciturno, ma nelle poche cose che gli avevo sentito pronunciare, si poteva percepire il notevole sforzo che stava facendo per cercare di risultare bene educato o quantomeno dignitoso. Era il marito di quella donna e l'evidente differenza di stazza tra i due lasciava spazio alla più fervida immaginazione.

Non potevo sapere per chi dei tre fossero lì, istintivamente però mi sentivo di escludere la ragazza dal novero dei possibili candidati alla macabra competizione. La donna, forse sentendosi osservata, mi si rivolse dicendo:

"Stamo qua pe lui. È a terza vorta e pensa' che l'hanno già aperto du vorte pe levaje n'pezzo d'intestino. Dicheno che je n'è rimasto solo n'pezzetto così." E alzò i due indici mantenendo tra gli stessi uno spazio di circa trenta centimetri. Poi aggiunse: "Speramo che nun devono taja ancora sinnò artro che sacchetto."

Il tizio, che aveva accompagnato le frasi della moglie con gravi cenni del capo, si girò verso di noi e aggiunse con un sorriso stretto e amaro: "Speriamo."

Credo di aver sorriso per l'imbarazzo di non saper cosa rispondere, poi dopo qualche interminabile secondo di silenzio aggiunsi: "Speriamo."

Lui tornò a guardare davanti a sé ed io ne approfittai per distogliere il mio sguardo imbarazzato e piantare gli occhi sull'iPad che tenevo sulle ginocchia.

Poco dopo percepii un tremore alla mia sinistra, mi voltai e vidi la donna sussultare come se fosse scossa da migliaia di Volt e dalle labbra tese e dischiuse fuoriusciva un rivolo di saliva schiumosa. La ragazza non fece nulla e, tenendo le mani nella lunga tasca ventrale della sua felpa, ci guardò e disse:

"Tranquilli eh! N'è gnete."

Il marito invece si alzò gravemente e, con un senso di pesante lentezza, mentre con il palmo della mano sinistra sotto il mento della donna teneva il capo die lei dritto davanti a sé, con l'altra mano le assestò due schiaffoni, uno per guancia; poi rivolgendosi a noi disse:

"Soffre d'attacchi epilettici, nun v'empressionate, mo je passa… succede quattro cinque vorte ar giorno. Certe vorte je devo quasi menà pe quant'è grossa sinnò mica s'aripia."

Credo di aver nuovamente abbozzato un impacciatissimo sorriso prima di distogliere lo sguardo, poi sentii la voce della donna interrogarli:

"Ch'è successo? Ho rifatto?", dopo di che aggiunse rivolta a noi: "Scusate eh! Io manco me n'accorgo, m'o devono di loro sinnò chi o saprebbe mai? È come si m'addormissi n'attimo, capito?"

Le rivolsi uno sguardo, ma non riuscii a dire nulla, poi fissai lo schermo dell'iPad per qualche minuto, ma in realtà stavo solo rifugiandomi da loro, mentre ripercorrevo a mente la scena appena vista.

All'improvviso una carezza mi sfiorò la guancia destra, leggera e affettuosa come solo l'amore può rendere un tocco. Girai lentamente lo sguardo in direzione di mio padre e lo vidi sorridermi teneramente. Era come se lo stesse facendo in mia assenza, quasi come chi contempla qualcosa in solitaria intimità, senza essere visto. Ritrassi lo sguardo, un po' per fargli credere che non l'avessi quasi notato e lasciarlo solo nei suoi pensieri e un po' per poter godere di quell'amore senza pensare al perché di quello slancio quantomeno raro.

Mio padre mi ha amato sempre molto, ma senza manifestarlo troppo apertamente. È cresciuto senza assorbire l'amore che meritava e desiderava e per questo non è mai riuscito a lasciarsi andare. Gli slanci d'affetto nei suoi confronti producevano sempre uno sguardo abbassato e un sorriso tremante, entrambi sintomi di una qualche forma d'imbarazzo per chi come lui era cresciuto disabituato a tali manifestazioni.

Quel gesto valse per me come un vero e proprio dono da custodire nel cuore, soprattutto perché sapevo bene che stava cercando d'imprimersi nella mente l'immagine di un figlio che forse temeva di non poter vedere per molto altro tempo o, semplicemente, perché sapeva che stava per andarsene e voleva portare con sé quanti più ricordi possibile.

Avrei voluto piangere e abbracciarlo, ma non potevo fare nulla; faticai a trattenere le lacrime. Era mio padre che pensava alla sua morte mentre io facevo altrettanto. Entrambi lo sapevamo, ma non se ne poteva parlare o forse avevamo scelto di non farlo.

Credo di avergli sorriso, non ne sono sicuro, poi di nuovo giù, con lo sguardo liquido piantato sull'iPad.

L'assurdo dolore

Le ho chiesto cosa le passasse per la testa e mi ha risposto, senza guardarmi:

"Non voglio restare sola".

È insolito che io non abbia qualcosa da dire, su qualsiasi argomento e in qualunque circostanza eppure, lì e in quel momento, accadde. Avrei voluto poter dire qualcosa in grado di sollevarla dal suo dolore, dal nostro dolore, ma non ci riuscii. Mi sentivo apatico e distante, come se mi trovassi in un angolo, coperto da un telo scuro a guardarla senza che lei potesse vedermi, senza quindi che potesse cercare il mio conforto. Ci alzammo, lei dalla sedia io dal letto, e sempre senza incrociare i nostri sguardi ci abbracciammo; lei provò a piangere ma, come chi non è abituato a farlo perché non gli è concesso, solo un paio di lacrime a rigarle il viso, un sussulto e una frase a denti stretti:

"Non voglio", seguita dal mio nome.

Non l'aveva mai pronunciato in quel modo, come se parlasse a una persona e non al suo bambino, fu la prima volta e per questo avrei dovuto fare qualcosa per soccorrerla, per sostenerla e invece tacqui, stringendola tra le mie braccia, ma fu come se non fossi lì con lei. La sua commozione appena accennata, lo sfogo che speravo potesse aiutarla e che tante volte le avevo sollecitato, ebbe solo un breve accenno ma io non c'ero. La mia mente pensava ad altro come se uno straniero mi rivolgesse una richiesta d'aiuto in una lingua a me ignota, potevo capire il dolore ma non l'assorbivo, mi scivolava come su un impermeabile. Era mia madre, la persona più importante della mia vita e per la prima volta avrei potuto ripagarla di tutto l'amore ricevuto, avrei potuto, ma non lo feci. La mia testa funziona così, si scherma, è come se, davanti alle persone che più contano per me, io, non potendo mostrarmi debole, diventassi algido, assente, assolutamente imperturbabile. Il mio sguardo fisso non so dove, gli occhi sbarrati senza guardare nulla, come se non potessero ricevere la luce per farsi imprimere immagini nella retina; una maschera da uomo adulto nella sua apparente forza priva di sensibilità. Il sigillo era stato tolto, il coperchio, tenuto per mesi da mia madre sul suo dolore, si era alzato appena quanto basta per farne fuoriuscire un fiato nero e pesante intriso di una malinconica mancanza per qualcosa che c'è ancora, ma che in realtà non c'è già più, e manca oggi all'idea di come mancherà domani e per sempre. Potevo infilare le mani nel pozzo, tirare fuori un po' di quella merda e fare spazio all'ossigeno per aiutarla a respirare, ma il coperchio si poggiò nuovamente sulla sua anima lacerata e io ho cambiato semplicemente discorso, senza lasciarle nulla, se non la mia immobile presenza. Più tardi mi ha confidato di provare dispiacere per il dolore che stavamo provando io, mia sorella e lei, ma le ho risposto che non potevo nemmeno immaginare cosa provasse e tantomeno cosa potesse provare mio padre; aggiunsi che lui è l'unico a non poter mai distrarsi perché morso da dentro, divorato nel corpo e nella mente da un male che non è esterno, da un male che non viene trasmesso, che non si contrae, che non si cura perché è il corpo stesso che si accanisce su se stesso, come un lento suicidio delle membra che smettono di collaborare per l'insieme e si scannano l'un l'altra, consumando la vita che le pervade. Lui sa che sta per morire; non ne parla apertamente ma lo fanno i suoi silenzi, le mani che passano stanche sulla pelle arida della testa calva, tracciando traiettorie che sembrano carezze ma sono disperazione. Se lo guardi indossa un sorriso volto a rassicurarti ma nessuno può rassicurare lui. È più uomo di quanto io lo sarò mai, ci ama e vuole proteggerci anche ora che è l'unico in pericolo. Da solo, a volte, immagino si abbandoni alla paura che da dentro lo soffoca, come una mano stretta intorno al cuore, come una coperta bagnata che non lo lascia muovere ne respirare, ma ai nostri occhi non si concede alcuna umana debolezza e ci sta insegnando come affrontare la morte con dignità. Meglio non pensare, non ci sono risposte, solo domande. Non ci sono ragioni, solo follia. Un uomo che ha la data di scadenza stampata dietro la nuca e che cammina verso un domani tanto prossimo da rischiare di rimanere oggi. Non lo merita, ma come lui, probabilmente nessuno, ma lui è mio padre e io non posso fare niente per aiutarlo, nessuno può, è segnato, condannato senza giuria, senza appello, ma soprattutto senza colpa. Per dormire ha bisogno di un aiuto e chi non ne avrebbe, come si può trovare il sonno con certi mostri nella testa. Quando si sveglia, i mostri sono ancora lì, ad aspettarlo, senza dargli tregua, mai. Riempiono le sue giornate e pensare è una tortura, elaborare e razionalizzare equivalgono a spalancare una finestra sulla follia più nera; non si può chiedere a un essere umano di vivere senza speranza. Non si può accettare il dolore e la sofferenza senza nulla in cambio, fosse anche una menzogna; bisogna offrire un motivo per lottare altrimenti perché farlo. Si sta consumando, un giorno alla volta, se ne sta andando e con lui una parte di tutti noi.

La sera ero in casa, la mia, e stavo guardando i miei bimbi rotolarsi sul tappeto giocando sereni, nell'aria c'era amore e innocenza, né tristezza né solitudine, solo calore. La famiglia che si contempla lasciando spazio alla vita che cresce nei corpi dei bambini, facendoli lentamente grandi a passi svelti, tra una nuova parola e un gesto d'affetto, sincero e spontaneo come solo un bambino sa essere, lontano dal razionale, scevro da sovrastrutture e accessori, istinto e passione, amore e bisogni primordiali, cucciolo e padrone insieme. Era facile star bene, chiunque, anche se indurito dalla vita, sorriderebbe compiaciuto, perché si sorride sempre davanti alla magia di un bimbo che gioca felice e, proprio allora, nel bel mezzo di questo quadretto, ho iniziato a piangere. Il dolore, stavolta tutto mio, ha iniziato a sgorgare lentamente da ogni angolo del mio corpo, ho sentito di non poterlo contenere, come un tubetto di dentifricio appena aperto dopo che qualcuno ne ha pigiato il centro, sentivo uscire quel che avevo dentro senza volerlo. Mia moglie mi ha guardato in silenzio, non volevo che i bimbi vedessero quel che sicuramente potevano comunque avvertire, la tristezza è come una presenza che si spande nell'aria rendendola irrespirabile, toglie il fiato e stringe il petto come in un morso. Mi sono alzato e, chiudendomi la porta del bagno alle spalle, ho messo il tappo al lavandino, ho lasciato scorrere l'acqua fino a quando ce ne fu abbastanza per immergerci il capo e poi... giù. È come mettere in pausa la vita, un fermo immagine sul mondo esterno per avere il tempo di guardarsi dentro. La pelle del viso è fredda come quella di un corpo privo di vita, gli occhi chiusi inventano il buio e il silenzio ovattato dell'acqua mi isola creando uno spazio di protezione da tutto il resto, ma è da me stesso che non posso proteggermi; posso sfuggire a quello che c'è fuori ma non a ciò che è dentro di me ed è lì che si annidano la disperazione e la paura. È come se l'anima avesse un buco e da questo, poco alla volta, penetra il dolore e fuoriesce una parte di me. Non vi sono appigli, è perfettamente circolare, tanto da far pensare più ad un'assenza di materia che a una delimitazione dello spazio. Vivo come se ci girassi attorno, a lavoro, in casa, con gli amici, la vita si srotola e mentre ci cammino dentro passo accanto al precipizio e do un'occhiata. Penso che un giorno m'inghiottirà, ma ora è lì, silenzioso e non per me. Mi sporgo, ne respiro la tristezza, l'odore amaro,

livido e freddo come dev'essere il dolore
profondo.

A volte ne avverto la presenza tutt'intorno come
se stessi precipitandoci, ma è questione di
momenti, respiro profondamente e sono ancora
seduto sul ciglio. Mi alleno a cadere, come se fosse
possibile prepararsi per qualcosa che non si
conosce, come se fosse possibile accettare il male,

come se si potesse abituarsi a soffrire. Si può; ma non si smette di star male, semplicemente si smette di lamentarsi perché niente e nessuno ti può far stare meglio, nessuno può ridarti ciò che è perso per sempre. Non si può riempire il vuoto. Rimarranno i ricordi e l'assenza di ciò che c'era e non può più tornare. Rimarrà un buco nell'anima.

Dovevo respirare, ero al limite e alcune bolle mi scapparono dal naso squarciando quell'attimo di personale anestesia. Mi sono tirato su con la bocca spalancata in cerca d'ossigeno, l'acqua ancora sul volto è scivolata rapida lungo il collo fin dentro i vestiti. Ho aperto gli occhi e nello specchio davanti a me ho trovato mia moglie a guardarmi con mio figlio in braccio; silenziosa e discreta ha smesso di fissarmi con quello sguardo triste e preoccupato; uscendo dallo specchio si è materializzata al mio fianco e le ho detto:

"Ho provato a suicidarmi, ma sto cazzo di lavandino non è abbastanza profondo!"

Mi ha risposto:

"Posso siliconarti dentro la cabina doccia se vuoi?", e abbiamo riso entrambi.

In un attimo il mondo aveva ripreso a girare.

Ringraziamenti

Ringrazio Ari per avermi fatto scoprire questa mia passione e per come sa essere speciale ogni giorno, Mattia e Viola per non essere riusciti a cancellare questa raccolta dal mio portatile (del quale si sono impossessati) e per aver cambiato in meglio la mia vita, Daniele per le tante volte in cui mi ha suggerito di continuare a scrivere, Nazario per aver ispirato una delle storie che ho raccontato, Giulio per averne vissuta una insieme a me, tutti coloro che hanno letto almeno uno dei racconti offrendomi il proprio parere, me stesso per averci creduto, mamma per il suo amore, Francesca per la fiducia, papà per tutto.

INDICE